世界のすべてを包む恋

崎谷はるひ

幻冬舎ルチル文庫

CONTENTS ✦目次✦

世界のすべてを包む恋

✦カバーデザイン=小菅ひとみ（CoCo.Design）
✦ブックデザイン=まるか工房

イラスト・蓮川 愛✦

世界のすべてを包む恋

** Prologue **

「泣くなよ」

道端にしゃがみ込んでしまった幼なじみに困りきった瑛二《えいじ》は、だがまるで怒っているような表情と声で、年上の少年にそう告げた。

黒目がちの瞳を吊り上げてキュッと眉《まゆ》を寄せ、唇をへの字に結んだ瑛二のその顔は、短く刈り込んだ髪型をのぞけば三段飾りの五月人形に似ている。

「泣くなって言ってるだろ！」

瑛二の足元にうずくまるようにして震えている彼の半ズボンから伸びたすねは長く、白く、まるで女の子のようになめらかだった。真っ黒に日焼けしてあちこち傷だらけの瑛二の脚とは大違いな、そのきれいな脚の持ち主はしゃくり上げながら嫌々をするように細い頸《くび》を振る。

「いい加減にしろよ、和哉《かずや》！」

日焼けした頰《ほお》を歪《ゆが》ませて、ついに怒鳴る。びくり、と和哉と呼ばれた少年は顔を上げた。

「瑛ちゃ……怒んないで……」

涙でぐしょぐしょの顔は、きれいな脚に似合いの、華やいだものだった。

飴《あめ》色の瞳と、くるんと長い睫毛《まつげ》。

甘い茶色の髪はくせっ毛で、ふわふわと風に揺れている。

「おまえ、六年生だろ！　今度中学生になるんだろっ、もう立てよ、おら！」

瑛二はイライラした口調でそう言って、細い腕を摑《つか》んで無理に立ち上がらせる。彼は非常に短気なのだ。

ひょろりとした彼がまだ鼻をすすり上げるのを見かね、ポケットから母親に突っ込まれたハンカチを取り出し、将来の美貌が期待される通った鼻筋に押しつけた。

和哉は背の高い少年で、そろそろ一七〇に手が届こうかという、小学生にしては結構な身長なのだが、いかんせん横の発育が追いついていない。

彼と同い年の者のなかにはそろそろ半ズボンもむさ苦しくなろうかという、第二次性徴の色も濃い少年もいるというのに、背丈ばかりはすくすくと育った割に少女めいた面差《おもざ》しは変わらない。

すらりとしたその姿を見上げ、瑛二はため息をついた。

「大体なあ……おまえ俺よりいっこ上なんだぞ！　兄ちゃんなんだぞ？　泣き虫！」

ぐずぐずと立ち上がった和哉は、その言葉にまた顔を歪めた。

「だって……」

言い訳のひとつもしようと思ったのか、震える唇が開いた。

赤く潤んだ瞳がまた揺れるのに、瑛二の苛立《いらだ》ちはピークに達する。

イライラと不愉快な気分のまま、瑛二は少年の不安定な声音で、だが厳しくきつい口調で、癇癪《かんしゃく》を起こしたように怒鳴りつけた。

「だってじゃねえっ！　ぴーぴーぴーぴー、なにかっちゃあ泣きやがって、今度泣いたら絶交だからな！」

びくん、と和哉の身体《からだ》が揺れた。涙に紅潮していた頬がすっと青ざめる。しまった、言いすぎたと思ってももう言葉は止まらなかった。

「俺よりでかいくせに、もう泣くなよなっ！　いいな！」

手の甲で唇を覆って、和哉は頷《うなず》いた。細いうなじが震えていて、また瑛二はイライラする。


とにかく和哉はよく泣く子供だった。

ませた知識を覚えはじめ、思春期特有の、弱みを見せることを嫌う年頃になっても、それは一向に変わりはしない。そんなにも何が哀《かな》しくて、なぜ泣いてしまうのか、近頃の瑛二にはちっともわからないのだ。

和哉と自分の考え方はあまりに違いすぎて、瑛二にとって意識にものぼらないような些細《ささい》な言葉や出来事で感受性の強い彼が傷つくたび、どうしてこんなことで、と呆《あき》れるような驚くような気分になる。

そして、自分が感性の鈍い、ひどい人間に思えてしまう。

だから瑛二は、和哉が泣くのが苦手だった。

(でも、こいつが嫌いなんじゃないんだ)

言い訳のように考えて、でもそれは事実だった。

女の子のような、女の子よりきれいは和哉は十一歳の瑛二の、まだ小さなテリトリーのなかでも、大事な人の一人だった。もっとずっと小さくて犬の仔《こ》のようにもつれてじゃれて遊んでいる頃は、和哉がいないと泣き出すのはむしろ、瑛二のほうであったようだ。

世界はぼんやりと甘く、どこまでが自分か、どこからが世界か、判別もつかない小さな頃のことだ。和哉のことはなんでも知っていた。好きな食べ物、苦手なもの、人見知りで少し表情が乏しいけれど、本当は感情の波が激しいこと。

瑛二にとって彼は一緒にいると安らぎを得られる心やすい友達だった。

それなのに近頃では、和哉の顔を見ていると、わけもなく胸がかーっと熱くなる。

すんなりした手足とか、緩《ゆる》いウェーブのかかった淡い茶色の髪とか、その髪と同じ色の瞳とか。見ているだけでイライラして、衝動的に走り回りたくなる。

泣いているともっとそうだ。小突き回してもっと泣かせたくなるような、メチャクチャに優しくしてやりたいような、わけのわからない感情の渦《うず》に叩《たた》き込まれる。

足元が不安になるような、そんな気持ちになぜなってしまうのか、直情な瑛二にはまだわかるはずもなく、なんだか和哉が泣き虫なのがすべて悪いような気もした。

そのくせ木当に悪いのは自分なのだと、どこかではわかってもいたのだ。

手足が伸びるように、心も変わっていく。小さくなった洋服が似合わなくなるように、膨らむ気持ちも変化していく。

だから、この頃では近づくだけで息苦しくなる幼なじみを、嫌いになりたくはなかった。自分を含めた誰にも、傷つけられてほしくなかった。

和哉が泣くと、胸が苦しい。

思春期特有の気恥ずかしさで、感情に同調できず一緒に泣けなくなった瑛二は、次第に開きはじめる心の距離が怖かった。

和哉が泣く。傷ついているその理由を、しかし彼は決して口にはしない。

たまたま瑛二がその場に出くわしたときは別として、滂沱《ぼうだ》と涙を流すくせに、誰に何をされたとか、どんなふうに自分がつらいのかを、ぐずぐずと言いつのったりはしないのだ。

そして、何も知らされないままの瑛二はただ「泣くな」と馬鹿みたいに繰り返すしかできないでいる。

まだ幼い瑛二には、それはかなりの苦痛だった。揺れる感情が凪《な》ぐように治まるまで待っていられるほど、気が長くもなかった。

だからもう、泣いてほしくないのだ。強くなって、そんな目に遭《あ》わないようになってほしいのだ。

本当は守ってあげたかったけれど、自分より二十センチも高い彼をちびの自分がかばうと、さらなるからかいの種になることはもう知っている。「原因」のひとつに自分がなってしまうことを、瑛二はひどく恐れた。そして冷やかしの声に後ろめたく跳ね上がるような心臓のことは、まだ誰にも言えなかった。

だから。

絶交だ、と言った。脅《おど》すようなその一言で、さらに和哉が傷ついただろうことはわかっていても、飛び出したコトバはもう戻らなかった。

「もう泣くなよ！　いいなっ」

そんな自分をひどく嫌だと思いながら、なんべん繰り返したかしれない言葉を、もう一度念を押すように告げる。

やわらかそうな唇が震えながら息を飲んだ。その微妙な表情を視線で追いかけながら、瑛二は生まれて初めての自己嫌悪を覚えた。

和哉は頷いた。小さな声で「うん」と言って、それから決して泣かなくなった。

瑛二の前では決して、泣かなくなった。

＊＊　1　＊＊

肩に背負ったスポーツバッグが、部活を終えて帰宅する頃には朝の十倍は重く感じられる。

腹が減ったな、とげんなりとした呟《つぶや》きを漏らしながら、キュウキュウと鳴る胃袋の訴えを宥《なだ》めるようにさすった。

ゴールデンウィークも過ぎた頃、暑さはいよいよ増してくる。疲労度もそれに比例して、若い頬から精気を奪っていく。

掃除を終えて体育館をあとにする頃にはすっかり日は暮れて、青紫に映る光景が目の前にあった。

日中の熱気もまだこの季節にはさほど残らず、頬をなぶる風の冷たさが心地よかった。

「きっつい……」

ため息をついて、坂本《さかもと》瑛二はのろのろとペダルを漕《こ》ぎ幼い頃から見慣れた道を夕飯めがけて進んだ。向かい風にあおられた前髪が目元にうるさくまつわって、もうそろそろ髪を切ろうかと思う。

県下でも一、二を争う進学校へ、バスケ推薦で入学できた喜びも束《つか》の間、学業と同じく優秀な成績を誇るバスケ部の、中学とは比べものにならないハードかつタイトな練習メニューに音《ね》をあげ、新入部員の三割はすでに脱落していった。

ここ数か月で、瑛二の子供じみたやわらかめの頬がぐっと引き締まり、一重目蓋《まぶた》のシャープなラインは、素直そうな光を残したまま力を増した。

子供の頃「五月人形そっくり」と言われた彼は、造りの端整な若武者のような男ぶりだと近所の小母《おば》ちゃんに評判だった。瑛二としては、できれば小母ちゃんよりもミニスカートの女子高生に騒がれたいのが本音であったが。

サイドから襟足を短く刈り込んだ真っ黒な髪が闇に滲《にじ》んでいる。

室内球技であるにもかかわらず基礎体力づくりのためグラウンドを走り回されている瑛二は、子供の頃と変わらずこれまた真っ黒に日焼けしている。日の落ちた今時分には夏服のシャツとバッグだけがふらふらと宙を漂っているように見え、通りを行く人が一瞬ぎょっとしたように目をむいた。

それには気づかず、もうあの角を曲がれば愛《いと》しいご飯にありつける、と精悍《せいかん》な頬がわずかに緩んだところで、街灯の下にひと組みのカップルを見つけた。男の胸元にすがるように、長い髪をしたセーラー服が寄り添って何事かを告げている。

（暑いのによくやるよ……）

呆れた胸中の呟きは、彼女いない歴二年のひがみも多分に含まれていたが、近づくにつれて、すらりと背の高い男のほうに見覚えがあることに気づく。困りきった表情の彼は、近づく自転車の音に顔を上げ、瑛二の姿を認めると、ふわりと微笑んだ。

「瑛二！」

ちっ、と瑛二は舌打ちする。

（……バカ、そういう状況で声かけんなっての！）

だが、露骨にほっとした表情の幼なじみを無視するわけにもいかず、自転車を止め、軽く片手を上げる。すると、やんわりと摑まれていた腕を離し、和哉は瑛二のほうへと近づいてきた。

「いいのかよ、彼女？」

顎《あご》で示すと、恨みがましい視線にぶつかる。迷惑な話だ、とうんざりした表情を作ると、

「いい。しつこくされてて……助かったぁ、アリガト」

「いっぺん言ってみてえよ、そういう台詞《せりふ》」

じゃあ、と彼女が消えたのを見届けてまたペダルに足をかけると、ハンドルを摑まれる。

「ンだよ」

そっけない瑛二にもかまわず、どうせだから一緒に帰ろうと和哉は笑った。

「おまえ、歩きだろ？」

俺にも歩けってか？　と億劫《おっくう》そうに告げても、めげた様子もなく「うん」と頷いた。しぶしぶとサドルから下りると、横に並んで歩き出す。

正直、歓迎できない状況だった。

狭い路地なので、自然肩が近づくようになる。そしてその段差は——子供の頃と変わらず、和哉のほうが高かった。

現在では和哉は一八四センチ、瑛二は一七八センチである。

憎い恨めしいその六センチ。

瑛二は傍《かたわ》らの彼に気づかれぬようにそっとため息をつく。

ひょろひょろとした印象こそないものの、和哉は相変わらず細かった。

中学からはじめたバスケのせいで、かたく太くごつくなった自分の二の腕と比べると、和哉の腕は半分くらいの太さしかないのではないかという気さえする。自然な動作で触れたそれを意識して、塀ぎりぎりに瑛二は身体をずらす。

「あんま、近寄んなよ」

かっきりと太い眉を寄せ、上擦《うわず》る声を誤魔化すように、声変わりして以来ますます太くなった声でぶっきらぼうに言う。

「どうして？」

尋ね返す和哉の声も子供の頃とは違っている。けれど野太さや嗄《しゃが》れたような汚さのない、少しハスキーだがきれいな声をしている。笑った形の瞳はきれいなアーモンド形で、縁取る睫毛は髪の毛と同じ、明るいところで見ると金色に映るほど明るい茶色だ。

色素の薄さと、きれいな顔立ちとしなやかな手足のまま、するすると背丈ばかりが伸びて、和哉はとんでもないほどきれいな青年になった。

真っすぐに見つめることに、気後れを覚えるほど。

「俺、今日はシャワー浴びてねえからな。汗臭いだろ」

「そうでもないよ？」

確かめるように顔を寄せてきた和哉からは、ひどくいい匂《にお》いがした。フローラル系のそれはおそらく、先ほどの彼女の残り香で、けれどそれがなんだかひどく彼には似合っているような気がして、瑛二は頬が熱くなる。

「やめろっての！　暑苦しいっ」

肩先を軽く押しやると、その薄さにドキリとした。華奢《きゃしゃ》な肩に触れた自分の手のひらがなんだかみっともないほどごつごつとして見えて、慌てて手を離す。

そして宵闇《よいやみ》に感謝する。和哉に、顔色の変化を気づかれないで済むからだ。

自分のもやもやで手いっぱいの彼はだから、近寄ることを拒《こば》むような瑛二に、ひどく傷ついたような和哉の表情を見つけることはできなかった。

そのまま他愛もない会話を続けて、いくらもたたないうちに家の明かりが見えてくる。じ

ゃあな、と片手を上げると、曖昧《あいまい》に笑って同じように手を振った。

和哉の消えたドアを眺めて、ひどく緊張している肩をほぐす。

「くそったれ」

誰にともつかない悪態をついて、門扉《もんぴ》の脇にあるガレージに自転車を寄せ、スタンドを蹴って立てる。

そうして盛大に、ため息をついた。

仲のよかった幼なじみを一方的に意識して、一方的に避けている、自分の子供っぽさに呆れながら。

＊　＊　＊

幼なじみの花家《はなえ》和哉はとろいので、幼い頃にはただでさえ仲間に馬鹿にされやすかった。

それから、親から聞いた馬鹿な噂《うわさ》で、くだらない大人と同じ言葉で和哉を傷つける奴も多かった。

四分の一、外国の血が混じっているという和哉は、目の色や瞳の色でその噂を肯定してしまう。ハーフであるという、近所のババアの言葉を借りれば「素性も知れない」和哉の父親を、瑛二も生まれてこのかた見たことがない。つまり彼の家の父親の不在は、和哉が生まれてほどなくから、ということだ。

斜向《はすむ》かいに住む、年老いた祖母と母子合わせて三人のご近所さんは、ひどくきれいな親子で、また出戻りの美しくまだ若い和哉の母は、小さな下町のゴシップの種でもあった。

子供は残酷だ。弱いもの、力ないもの、異種なものには徹底的に攻撃を仕かける。蝶の羽を毟《むし》るのと同じ、ゲームの感覚で。

性向がおとなしく、少女めいた顔立ちの和哉は少し行動がスローテンポで、生真面目《きまじめ》だがドジだった。受け取る側に好意があればどうということのないそれらの性質は、悪い意味で目立ってしまう和哉にはいじめられる要素でしかなかった。

顔立ちがきれいであることも、成績が優秀であることも、周りの連中にはやっかみの対象としてしか映らず、和哉が何をしようとしまいと、「気に食わない」という正当な理由がなりたってしまうのだ。

些細な失敗を囃《はや》し立てたり、もめ事が起きれば和哉ひとりを糾弾《きゅうだん》したり、幼稚で、だからこそ容赦のない攻撃にさらされ、耐え続ける和哉を、瑛二はずっと眺めてきた。

正義感の強い瑛二はそういうのが大嫌いだった。瑛二の父も母も兄もまた、心ない中傷を腹立たしく思う、良心的な人々だったから、少しばかり事情の違う和哉を、だからといって遠ざけようなどとはしなかった。

だが、具体的な攻撃を仕かけられることがなくても、彼はなんだかいつも傷ついていた。涙を流す以外に彼は何も抵抗するすべを知らないようで、だが人前で泣いているうちはまだいいと言えた。


いつだったか記憶は定かではないが、瑛二と「約束」をする前ということだけは覚えている。

一晩和哉が行方《ゆくえ》不明になり、瑛二たちの住む町からずいぶんと離れた地区の自然公園で見つかったことがあった。

和哉へのいじめがエスカレートする一方だった頃の話で、彼は家から裸足《はだし》で飛び出したまま、その公園で泣き明かしたらしかった。そのことをあとで大人たちに追及された和哉は「道に迷った」の一点張りで、擦りきれて血塗《ちまみ》れになった足元をずっと眺めていたという。

騒ぎになるのを恐れた和哉の母と瑛二の両親が内々に収め、和哉を発見したのが瑛二の兄、彰一《しょういち》であったこともあり、大きく噂が広まることはなかったが、近隣の住人には隠しようもない。

和哉の足に巻かれた包帯を見たときに、なぜか瑛二は背筋に冷たいものが走るのを感じた。

和哉は脆《もろ》い。

そうしてどこか危険な、足場の危ういところに立っているように思えて。

その件以来彼はいっそう涙脆くなった。

シンパシーの強い彼は、同年代の子供の吐き捨てる冷酷な言葉の裏に潜む、大人の鬱屈《うっくつ》した悪意を感じ取って言葉そのものよりその不明瞭な、だが確実な痛みに撃たれているようだった。

痛みは瑛二に伝染して、なぜ自分を巻き込むのかと、子供な彼は和哉を恨んでしまいそうだった。

泣き癖の直らない和哉と、共同体からどこかはじかれた彼ら家族の問題は、瑛二には重く不快なものだった。

手におえない問題に癇癪を起こした瑛二は「泣くな」と怒鳴りつけることで、痛みを見せつけられることから逃げてしまったのだ。

あの一晩の失踪《しっそう》事件以来、和哉が無茶な行動に出ることはなく、それまでにもまして模範的すぎるほどの「いい子」になった。隙《すき》もなく、そつもない完璧さ。ある意味ではそれは、彼が見つけた最後の防御の策であったのかもしれない。

その張りつめた心の歪みを知らしめるように泣き続ける和哉に、涙さえも許してやれなかった。

古典的な男らしさを理想とする瑛二にとってその思い出は苦《にが》くわだかまる。

一緒に傷ついてやればよかったのか、冷やかされても守りきればよかったのか、今でも小さな後悔が疼《うず》く。


思春期を迎えた頃から和哉を見ているといつもイライラした。和哉と同じ高校に入って、十六になって、最近ではますますそれはひどくなる一方だ。

子供の頃、からかいやいじめの格好のネタだった彼の容貌は、人間関係を引きずる中学とは違い、さまざまな地区から人の集まる高校では、人をひきつけずにはおかない華やかさとだけ、人の目には映ったようだ。

クォーターであることや、その少し陰りのある生い立ちを、たとえ知られたところで馬鹿げた幼稚さの抜けた人間関係を築きはじめる年頃である。少々の同情の声こそあれ、くだらない中傷はないに等しい。

傷つくことの多かった和哉は、だからこそ決して人に対して攻撃的になることはない。

物腰のやわらかい、繊細で優しく（相変わらず少しとろく）、物静かな青年になった和哉は、そして何よりも、理屈を吹き飛ばすほどきれいになった。

甘い茶色の髪が落ちかかる聡明そうな額は、見るものの瞳にある種の称賛を抱《いだ》かせる。かなりの長身であるのに、威圧感のない柔和な雰囲気は、ともすれば整いすぎて近寄りがたいほどの容姿を持つ彼に、ほっとするような親しみを覚えさせる。

今では和哉の周りからは男女問わず、優しく穏やかで暖かい(一部には熱狂的な)、好意が寄せられていた。

瑛二はそれを知ったとき、一年遅れて生まれたことがなんだかひどく悔しかった。あれから泣かなくなってしまった和哉には責任を感じていただけに、いつのまにか置いていかれたような気がしたのだ。

同じ高校に入り、離れていた一年の間に知らない友人たちに囲まれて笑顔を惜しみなく振り撒《ま》く和哉を見た瞬間、苦く重いものが瑛二の身体を取り巻いた。

ぼんやりしているようで成績もよく、入学式では総代を務めたという彼と、スポーツ推薦以外ではボーダーぎりぎりだろうと思われる瑛二とでは、出足において二歩も三歩も差がついているような気がする。

背も伸びない。

ぎりぎりと瑛二は歯嚙《はが》みする。

和哉に負けたくなかった。

泣き虫でもおとなしくても、癇癪を起こした瑛二を許すように、和哉はいつも瑛二の言葉にしたがった。結局あれは和哉のほうが大人だったのだと、今にして思う。

バスケ部に入ったのだって、結局はそこに起因するわけなのだ。

「俺よりでかいくせして泣くな」と和哉に言ってしまった以上、その約束を反古《ほご》にしてやるには自分がでかくなるしかないような気がしたから。

子供じみた思い込みなのはわかっていたけれど、他にどうしようもなかった。

和哉が崩れそうなときに助けられるような男でありたいのに、背丈さえも自分は追いつきはしないのだ。

和哉が安心して泣ける場所に、瑛二はなりたかった。だからといって別に、あえて泣かせるような目に遭わせたいわけではない。

ないのだが、泣いた顔も見たいような気も、そんな目には遭ってほしくないような気もして、ふと想像した現在の和哉の泣き顔は、とんでもない部分を直撃した。

「バカみてえ、俺」

瑛二はガレージで頭を抱えてうなった。浅黒い頬は、ひどく火照《ほて》っている。そんな自分はかなりみっともないという自覚は、プライドばかり高い年頃の彼にはひどく苦痛だった。

和哉を見ているとイライラする。ずっとそう思って、不機嫌な表情を緩めることができないでいた。

だがそれは苛立ちではなく、微妙なときめきなのではないかと、思春期も盛りを迎えた最近ようやく思い当たって、瑛二の懊悩《おうのう》は深い。

可愛い女の子も、瑛二の高校には沢山《たくさん》いるのに。

実際中学の頃生意気にも彼女もいたりしたのだが、高校に入って、しょっちゅうとは言わないまでもほぼ毎日同じ学校で顔を突き合わせていると、あの顔のレベルがとんでもなく高いことだとか、それに比べてしまってはいかんと思いつつもやはり肥えてしまった目はどうしようもないこととかがわかってくる。

顔立ちのことばかりでなく、今まで好きになったタイプはどこかおっとりして頼りなげで、(雰囲気だけであるが)ちょっと幸薄そうな子が多かった。

それはふとしたおりに、友人に指摘されるまで気づかなかったことだけれど、要は瑛二ははかなげっぽいタイプに弱くて、それがどの辺《あた》りから出ている衝動なのか、「好み」のプロトタイプがどこにあるのかを自覚してしまった日には、ショックのあまりろくに飯も喉《のど》を通らなかった。

体育会系の割にどうも理屈っぽい瑛二は、外堀がこのように埋まりきるまで、幼なじみに対する感情を履き違えていたわけだが、同性であることとか、こびりついたちっぽけなプライドとかが邪魔をしていたのは仕方ないことだろう。

自覚がなければイライラで済んでいたのに、なんだって、気づいてしまったのか。

だが自覚したところで邪険にする態度は以前よりひどくなったくらいだし、表面上にはなんの変化もないのである。

うろたえる瑛二の言動はつっけんどんで、あまりにそっけない。これでは幼い頃にもまして状況が悪い。

守ってやるどころか、誤解ばかりを深めてどうするというのか。

そうしてひとり煩悶《はんもん》する瑛二に、

「瑛二、メシだって」

四つ違いの兄、彰一の呆れたような声が届いた。

「百面相してないで早く来いよ。食っちまうぞ」

おっとりした柔和な面構《つらがま》えのくせに、皮肉屋の兄はこうして、何もかもを見透かすような視線を向ける。

「……」

ピシャン、と閉じられた扉を茫然《ぼうぜん》と眺め、己れの醜態を見られていたことにようやく思い至る。

「――く、」

浅黒い顔は怒りと恥ずかしさに染まり、どす黒いような不穏な色をたたえていた。

「くそ兄貴――ッ!!」

町内に響きわたるような声で瑛二が吠えたのが、慣例となっている坂本家での兄弟喧嘩の、本日のゴングだった。

＊　＊　＊

玄関の上がり框《かまち》に腰かけ、和哉はふと、ため息をついた。

瑛二と話したのはひどく久しぶりで、嬉《うれ》しいのと同時にやはり、という苦さがこみ上げてくる。

いつからか自分を避けるようになった幼なじみは、もうここ何年も睨《にら》むようにしか自分を見ない。

引き裂かれそうな胸を堪《こら》えて笑ってみせても、不貞腐《ふてくさ》れたような表情で目を逸《そ》らしてしまう。

「嫌われてるなぁ」

小さく笑って、そっと零《こぼ》れた呟きを三和土《たたき》に落とす。

泣くな、と彼に言われてから、和哉はぴたりと泣かなくなった。

自分でも驚くほど、瑛二の言葉は効果があったようで、瑛二が見ていようといまいと、涙が出てはこないのだ。

その代わり、こんなふうにそっと、微笑《ほほえ》みを浮かべる癖がついた。

「おかえり、かずや」

暗い玄関で、ゆっくりと靴を脱ぐと、最近歩くことが不自由になりはじめた祖母の声がする。

昔はかならず帰宅のときに出迎えてくれた優しい彼女は、歳《とし》のせいか近頃どこかあどけない発音をするようになった。

優しいが少し力ないその声音で、和哉の母親はまだ帰宅していないことが知らされた。

「ただいま。ごはん？　あとは俺がするよ、座っててね」

「ああいいよ、いいよ。おばあちゃんがするから……」

「でももう、魚焼くだけじゃない？　テーブルのほう、頼むね」

弱った足で台所に立つ彼女をやんわりと下がらせ、もう手慣れてしまった料理に取りかかる。

父親のいない和哉の家では働き手は母一人だった。残業も少なくはない会社であったけれど、近頃遅くなる日がとみに増えたのは、どうも仕事が原因ではないらしいことに、和哉も薄々気づきはじめていた。

駈け落ち同然に家を飛び出し、十代で和哉を産んだ美苑《みその》には、言い寄る相手も少なくなかった。息子の手前控えてはいるが、一人では生きていけないタイプの女であるから、今までに幾人かの恋人がいたことも和哉は知っている。

(まともな相手なら、いいけどね)

私生児同然の息子を持つ割に、美苑は身を持ち崩したような印象の薄い、見た感じはどちらかというと清潔な、少女めいた女だった。

だがバカがつくほどお人好《ひとよ》しで、実のところ今までの男の一人に預金を騙《だま》し取られたこともある。

その、三流ドラマのような展開に、当時中学生だった和哉は目を丸くするばかりだった。美苑自身は「たいした額じゃないから」と強がってはいたものの、やはりかなり堪《こた》えた様子であった。

それ以来ぴたりと彼女の周りに男の影はなかったし、あとにも先にもそんな事件は起こらなかった。

（まあ、あれは特殊だからね）

それに母の表情を見ていれば、今の相手とよい関係であることは察しもつく。

やわらかく暖かで、そんな表情をもうずっと見せなかった母にはだから、幸せになってほしいのだ。

ガス台の前で魚の焼き具合をみていた和哉は、ふと胸元に貼りついた長い髪を見つけ、ため息を零しつつ指先で摘《つま》む。制服のまま長身を屈《かが》めて台所に立つ、こんな姿を見てからも、彼女は自分をスキだなんて言うのだろうか。

今では苦にもならないが、ときどきこんな自分の生活にふと疲れを覚えたりもする。

優等生であることは、他者から自分を守るために和哉が選んだ鎧《よろい》だった。それに対して「憧れ」られたり、「尊敬」されたりというのはあまり彼の望んだ形ではない。目立たず、地味に生きていたいのだが、どうも周りはそれを許してくれない。

明るい色の髪や、目鼻のはっきりした顔立ち。子供の頃揶揄《やゆ》される対象でしかなかったそれが、今では違う意味で騒がれていることに、ときおりうんざりするような気分になる。

羨《うらや》ましい奴だ、と瑛二に言われて、どこがだろうと和哉は思う。誰よりも好きな人に疎《うと》まれて、あまつさえその本人に羨まれて、ぼんやりと笑うしかできないのに。

和哉は、瑛二が好きだった。

嫌われているとわかっていてさえ、諦《あきら》めきれなかった。

瑛二の素直で明るい性格や、溌剌《はつらつ》とした雰囲気は、内気な和哉をひきつけて止《や》まなかった。

その性格は今も変わらず、どこかぶっきらぼうの割に根本では冷たくなりきれない。嫌がられるかも、と思いながら自転車のハンドルを摑んだときも、ぼやきながらも付き合ってくれた。

子供の頃いつも泣いていた和哉を、呆れながら怒りながら、それでも瑛二は見捨てて帰ることはしなかった。

共感してくれなくても、わかってくれなくても、それでもそこにいつでもいて、和哉が泣く理由を知っていても知らなくても彼は、深く黒い真っすぐな瞳で和哉を見ていてくれた。

その清廉な瞳に、いつでも見ていてほしい、と和哉は思った。そうして、自分もずっと、彼を見つめていたかった。

もうこんな気持ちを、ただの幼なじみへの愛着で済まされないことは自分が一番よく知っている。この後ろ暗い気持ちを捨てきれなくて、いつからか目に見えて和哉を避けはじめた瑛二に、だから強くは出られなかった。

知られて軽蔑されるよりはまだ、このままのほうがましなのかもしれないと自虐的なことまで考え、それでもたまに会話ができれば、浮き足立つ自分を抑えられない。

どうして嫌われたのかはわからないが、瑛二にしてみれば子供の頃遊んでいた程度の幼なじみなど、忙しい今ではかまうのもうっとうしいだけなのかもしれない。

（やめよう。こんなこと考えるのは）

ぐるぐると回りはじめた思考を振り払うように、ふっと短い息をつく。

公園で泣き明かしたときとは違う。忘れる術《すべ》も、心を誤魔化すコツも覚えた。

大丈夫。

「できたよ、おばあちゃん」

努めて明るくそう告げると、小さな声が返った。ふせりがちで気の弱っている祖母に、心配をかけてはならない。

「ごはんよそってね。ああ、皿熱いから気をつけて」

大丈夫だ。

まだ、笑っていられる。

そんなふうに考えること自体が自身を追いつめるのだとは気づかぬままに、和哉はもう慣れてしまった微笑を唇に浮かべた。

** 2 **

「百本ダッシュ、はじめ！」

怒声のような号令とともに、汗みずくになった集団が地面を蹴る。野球部が陣取るグラウンドの、トラックの脇、五十メートル走用に白いラインの引かれた赤土の上を五列に並んだ一年生はひたすらに走る。

「休むなあっ！　高田《たかだ》、だれるんじゃない！　走れ！　走れ！　走れー!!」

五十本を越えた辺りからガクガクと痙攣《けいれん》する膝《ひざ》を引きずって、軽く流しながらスタートラインへ戻るときも、容赦のない声がかかる。中学ではそれぞれ名の通った選手であったルーキーたちも、受験期に休むことを覚えた身体をようやくここにきて自分の思うように動かせるかといったところだった。

「死ぬ……」

犬のようにだらしなく舌を出して、同じクラスでもある二見《ふたみ》がぼやく。口を利《き》く余裕もなく、瑛二はただうなだれるように首を振って、同意を示した。

この春に行なわれた県大会では惜しくも準優勝となり、全国大会への切符を逃したこともあって、二、三年の気合いの入りようは尋常ではない。

とくに三年にとっては夏のインターハイが最後のチャンスともなるわけだが、インハイへ辿《たど》り着くためには一年のなかから見込みのあるもの、戦力として使えるものはレギュラー入りもありえると、監督から伝えられたのは昨日のことだ。

たった五つしかないレギュラーの座、そして控えとしてベンチ入りできるのはそれを含めても二十人に満たない。

誰も彼もが必死だった。だがあさはかな足の引っ張り合いなどはなく、そんなことよりも己れの実力不足がいくらかでも補われるように、ただひたすらに走る。

「次、パス&ラン！　十分の休憩のあと、コートに入ってフォーメーション組むように！」

休憩、の言葉にあがる歓声のなか、一人顔をしかめたままの瑛二はふらつく足取りで水飲み場へ向った。

「坂本、どうかしたか？」

「や、なんもないっす」

コーチの声に、軽く手を振って応えると、気持ち引きずるようになる歩調を見破られないように足早に立ち去った。

＊
＊
＊

校舎の第二棟の裏の水飲み場は、職員室の近くということもあってあまり生徒が寄りつかない。

人気《ひとけ》がないことを確認すると、右膝に巻いたサポーターを外す。ついで屋外練習用のスポーツシューズと靴下を脱ぐ。

かたい、張りつめた若い筋肉に覆われた長いすねをひょいと洗い場に載せ、膝を軽く指で押してみる。

（いてえ……っ！）

びりびりと走る嫌な痛みに奥歯を噛み締めたまま蛇口をひねり、勢いよく出した水のなかに膝を突っ込む。ここ二週間ばかり、膝が思わしくないことを、瑛二は誰にも言えずにいた。炎症でも起こしているのかと思ったのだが、サポーターに隠して貼っている消炎剤もまるで効果がない。

「ちっくしょ……」

日焼けした額に、暑さのせいばかりではない汗が伝う。

先週のミニゲームで好成績をあげることのできた瑛二には、今度のインターハイにおいて、レギュラーは無理でもベンチ入りはかなり期待できる。このチャンスを逃したくはないのだが、ここで膝に故障があるなどということになったら。

（冗談じゃねえ！）

焦りのような感情がこみ上げて、拳《こぶし》をかたく握り締める。まだ来年がある、などという言葉など聞きたくはない。

十代も半ばを越えたばかりの瑛二には、一年先などはまるではるか未来のことのように感じられる。

ざわざわと、木立が揺れる。水の流れさえ歪める強い風にさらされた膝は、鈍くじりじりと痛んだ。

今ある自分で、何かを成し遂げたいと、若さにありがちの先走った感情に捕われていることなど、今の彼には理解できない。

きりきりと眉を吊り上げ、自分の膝を睨んでいた瑛二の視界を、ふわりと白いものがよぎった。

「……？」

はっとして蠢《うごめ》く物体に目をやると、風に飛ばされた紙片だった。だがほっとしたのも束の間、

「うわ、ちょっと、ちょっと待って……！」

焦ったような声が瑛二の後ろ、校舎の角から聞こえ、軽い足音とともに近くなる。

聞き覚えのある声に反射的に振り返ると、コピー用紙の束を抱えた和哉が慌てたように走る姿が飛び込んできた。

（なにやってんだ）

バスケ部員か、と身構えた瑛二はそうではないことに肩の力を抜き、ついでその、本人は必死なのだろうがだからこそ笑いを誘う姿に呆れ返る。

とろいところは何ひとつ変わっていないらしい幼なじみに、知らず微苦笑さえ浮かべながら、宙を舞う紙片を軽く伸ばした指先でキャッチする。

「ほら」

「ああ、ありがと……あれ？　あ、瑛二⁉」

間近でプリントを手渡されるたった今まで、瑛二に気づいてすらいなかった様子に、唇の端を引き上げるだけだった笑いが、顔中にひろがった。

「鈍くせーな、相っ変わらず」

肩を震わせて笑う瑛二に一瞬惚《ほう》けたような表情をした和哉が、さあっと赤くなる。

「だっ……！」

慌てたように言いつのろうとした和哉は、焦ったように視線をめぐらす。そしてふと、瑛二の膝に目を留めた。

「それ、どうしたの」

「え？」

和哉の大きな瞳が凝視する先には濡れた裸足の脚がある。目に見える傷ではないために、ぱっと見にはどうということもないが、片足だけを濡らした姿にいぶかるような表情を向けた。

しまった、という表情を一瞬浮かべた瑛二に、顔を上げた和哉が間合いをつめる。

「……どうしたの」

おっとりとろくさいくせに、和哉はこういうことに対しての勘が鋭い。感受性が強いせいだろうか、他人の痛みや苦しみ（それが肉体のことでも、精神的なものでも）に、敏感だった。

「あ、いや」

焦るあまりとっさにうまく返答できず、瑛二は悪戯《いたずら》を見つかった子供のように、手に持ったサポーターを思わず背中に隠してしまった。

「どこか痛めた？」

細く整った眉を寄せ、じっと見据える和哉にそう切り込まれると、もとより嘘《うそ》の下手《へた》な瑛二はただ押し黙るしかない。

後ろ手に持ったサポーターも、普段から愛用しているものなのに、こんなふうにわざわざ「なにか隠してます」と態度で示してしまう己れの馬鹿さ加減に瑛二は呆れた。

「瑛二？」

心配そうな表情で見つめる和哉の瞳はきれいで、薄暗い校舎裏にいてさえ光の反射する量が多い。

状況を忘れて一瞬見惚《みと》れてしまった瑛二に、その沈黙を違う意味に受け取ったのか、和哉は悔しげに薄い唇を嚙み締めた。

「言えないのか？」

「え？」

意味がわからず問い返すと、

「脚、どうかしたね？」

いきなり図星をさされ、瑛二は固まってしまう。

やばい、気づかれた。頭のなかはそればかりで、言い訳のひとつも浮かんではこない。

「こんな人気のないところで、こそこそして……そんなに悪くしてるわけ？」

言いざま、細い指が瑛二の腕を摑んだ。

「な、なんだよっ？」

汗に濡れた肌は風にさらされたせいで、常よりも冷たくなっている。さらりと乾いた手のひらの暖かさに、ひどくどぎまぎした。

夏服の、半袖《はんそで》から伸びる腕は頼りなげに細い。ウィングカットの襟元からきれいな鎖骨がのぞいて、目に痛い白さが瑛二の混乱を深くする。

不意に訪れた接触に焦って解《ほど》こうとした腕を、和哉は放さない。

「保健室。行こう」

「じょうっだん……！」

その言葉にかっとなって強引に腕を振りほどく。なおも追いすがるように腕を伸ばす和哉の手首をとっさに摑む。

「てめーに指図される言われねえだろ！　ほっとけよ！」

「……！」

きつい声と言葉にひどく切なげな表情をする和哉と、骨の細さがじかにわかる感触に、胸の奥がドキリとなる。

「あ……」

バスケットボールを片手で摑むことのできる瑛二の握力は、あっさりと指が回りきる和哉の手首を潰《つぶ》してしまいそうで、慌てて手を放す。

「悪い、ゴメン」

口籠《くちご》もりながら、小さく告げる。

「けど、平気なんだ……本当だよ」

プリントの束と、瑛二に解放された腕を胸に抱えるようにして、和哉は言いつのった。

「じゃあ、なんでそんなにムキになるんだよ？」

「なってねえよっ！」

冷静な和哉の声が疎ましく、語尾を打ち消すように怒鳴りつけると、「ほら」と和哉は言った。

「瑛二は、嘘つくときとか、隠し事するときいつも怒鳴るから、すぐわかる」

「……」

言葉につまる瑛二は、忌《い》ま忌ましげに舌打ちをする。

幼い頃からの性格を知りぬかれている彼にあっては、反論の余地もない。

「保健室、行こう？」

誰にも言わないから。

そう言って和哉は、真っすぐに瑛二を見据えた。

「行って、たいしたことなければそれでいいだろ？　インターハイ前でレギュラー取りたいの、わかるけど、身体壊したら取り返しつかない……ちがう？」

不貞腐れたように、瑛二は視線を外したままで、そんな自分を宥めるでなく、まるですがるような声で和哉は言う。

「頼むから、行こうよ」

なんだかその表情が、幼い頃見知ったあの泣き出しそうなそれと重なる。

そしてそんな和哉には、瑛二が逆らえるはずもない。

「——わーった。わかった！」

そう荒げた声で応えると、ほっとしたように力を抜く薄い肩。

「けど、まだ練習中だから。先輩に断って、そのあと行くよ。そんでいいな？」

靴を履きながら早口にそう告げると、少し間をおいたあと、ぽつりと和哉は呟くように、

「いいけど、俺ついてくから」

「なんで！」

「本当に行くかどうか怪しいから」

声は軽口を叩くような口調で、だがひどく心配そうな瞳がそれを裏切っている。

「来なくていい」「絶対行く」の押問答の末、結局軍配は、和哉に上がった。

普段はそれほどでもないくせに、ここ、というときはガンとして譲らない和哉を知っているだけに、早々に瑛二は白旗を掲げざるを得なかったのだ。

「頑固だな、もぉっ！」

「瑛二に言われたくない」

さっさと歩き出した和哉のあとに、いまだ不貞腐れたままの表情で瑛二は続く。

標準どおりにきっちり着込んだ制服の、高い位置にあるウエストは細くて、こんな状況でそんなことに思い至る自分がなんだか馬鹿らしいような愛しいような気分になる。

惚《ほ》れた弱みを情けなく自覚しながら、痛みの去らない膝のうっとうしさや、それに対しての不安や、色々な感情の混じり合ったため息を、晴れた空に盛大に放つのが瑛二にできる精一杯だった。

＊　＊　＊

結局バスケ部の先輩に話をつけたのも和哉のほうで、軽く足をひねったということにしたらしい。副部長の田崎《たざき》とは同じクラスである和哉は、追及する相手をふわふわとした笑みではぐらかし、瑛二の拉致《らち》に成功した。

保健室特有の消毒液の匂いに顔をしかめながら、「失礼します」と挨拶《あいさつ》をした和哉のあとへ続く。

窓際の机に向かっていた保健室の荒井《あらい》先生は瑛二の姿を見るなり、

「あら、坂本弟じゃない。珍しいわね、あんたが」

と、それがもとからのそっけなくさえ聞こえる口調で言った。

「その呼び方やめろって、先生」

「弟は弟でしょうが。でもめずらしいわねホント。丈夫が取り柄のあんたが」

瑛二の兄、彰一も同じ高校の出身で、具合が悪いといっては保健室でサボるのが彼の習慣だったことは当の彰一よりも目の前の白衣の女性に聞かされていた。

「ヒトを体力馬鹿みたいに言うなっつーの！」

「だって本当だろ。あんたの兄貴は保健室の主だったのにねえ。で、なに、どこをどうした？」

白髪の混じる髪をひっつめた荒井は瑛二の母親よりも年嵩《としかさ》であるはずなのだが、長年、高校生という図体ばかりでかい幼児軍団にまみれているせいで言葉遣いが悪い。

「あの、膝が悪いらしいんですけど」

放っておくと雑談ばかりで先に進まない二人に焦《じ》れて和哉が口を挟む。

やわらかく整った顔立ちの和哉は成績、素行ともにいいことから先生方の覚えもめでたい。

頼りなげなきれいな顔に、荒井は落ち着いた笑みを見せた。

「付き添いなの？　大変ねえまったく、自分のことくらい自分で言いなさいってのよ」

「あだっ！」

言葉の途中からは瑛二に向き直り、手にした書類で頭を叩く。

「てめえが余計なことばっか言ってんじゃねえか！」

「やかましい。で、右？　左？　ホレ足だして。ああ、あんた外走ってたわね汗臭い」

吠える瑛二をあっさりいなして衝立《ついたて》の脇の丸椅子にかけさせる。汗ばんだ硬い膝を触診しながら、二、三の質問をされた。

「いつから痛いの」

「ここ二週間くらい、かな」

念のためそっちも、と反対の足と、背中なども診《み》る。

「どんなふう？　きりきり痛いとか、重いとか」

「なんか、引きつるみたいに……あ、いてっ」

「ずっと？　一日中痛い？」

「あ、今日とかはそう。んー、でも大概夜中がいちばん痛くなる」

椅子にかけ、会話をかわす二人を見る和哉の瞳は不安そうで、背中越しのおろおろした気配に瑛二はふと苦笑する。

「……うーん？」

荒井は軽い調子でうなると、ごそごそと春の健康診断のときのデータ表を取り出した。

「弟、あんた何組？」

「瑛二だっての！　五組だよ」

　ぱらぱら、と指輪やマニキュアなどの装身具のない清潔そうな指がファイルを繰り、あるページで止まる。

「なあ、どうなのかな、先生」

　表情のない目線で書類を読む彼女に、さすがに不安になったらしい瑛二が少し弱い声で問いかけた。

　ちらりとその顔をフレームレスの目鏡越しに見た荒井は、側《そば》にあった身長計を顎でしゃくった。

「あんたちょっとそれ乗ってみ」

「ああ？」

　唐突な言葉の真意がわからず、瑛二は男らしい眉をひそめた。和哉はただなりゆきを見守るばかりである。

「あーはいいから乗ってみ。ほれ。あ、花家くんちょっと測ってやって、先生届かないわ、これじゃ」

　自分の頭上に掲げた手を指をそろえて振ってみせながらの小柄な彼女の言葉に、わけはわからぬまま促され、いぶかるまま立ち上がり背筋を伸ばした瑛二の頭に、目盛りの指針を合わせる。

「……あ」

小さな声をあげた和哉に、「なんだよ？」と瑛二が声をかけた。

「いくつ？」

眉を上げた荒井の声に、数値を和哉が読み上げる。

「一八二・五……」

その数字に素《す》っ頓狂《とんきょう》な声をあげたのは瑛二だった。

「はあああ⁉」

「だからそういうことだあね」

とんとん、と肩を自分の拳で叩いた荒井は、なんの感慨もない声でそう言った。

「何がそういうことなんですか？」

「なんで⁉　俺五月はまだ一七八だったぜ？　ひと月でそんななるか⁉」

同時に詰め寄る二人に、「あうるさい！」と疎ましげに犬を払うような手つきをする。

「あんたのは単なる成長期だよ。関節が伸びて痛いってだけ！　ちょっとすりゃあ治まるでしょ」

間違いじゃないのか、と測り直す瑛二に付き合った和哉は、やはり同じ数字を読み上げた。

「あんたぐらいの歳の子はね、一晩寝てて二センチ伸びたってのもいるの！」

「中学からずっと止まってたから、もう伸びないと思ってた」

ぼんやりと呟く瑛二の傍らに立つ和哉と、そういえば目線があまり変わらない。接触を避けていたせいで気づくのが遅れたのだろうか。

「男は二十五歳くらいまでは伸びるんだよ。騒いでないでもう帰んなさい。あんまり痛いときはバンテリンでも塗ってなさい。あと、冷やすのは逆効果だからね」

「伸びた、伸びた」と浮かれてろくに聞いていない瑛二にではなく、彼女は苦笑を交えながら和哉にそう告げた。

＊　＊　＊

「……よかった」

「なに？」

保健室を出た瑛二はその後部活に戻り、鬼のような練習をも不気味がられながら鼻歌混じりでこなした。日が暮れる頃、担任にクラス配布のテキストの直しを頼まれていた和哉と偶然合流し、帰路につくこととなった。

瑛二は自転車を押しながら、和哉と並んで歩いた。ひと月前にも似たようなことがあったが、気づいてみればその時とは違う、さして変わらない肩の高さに、瑛二は頬が緩むのを抑えきれない。

そしてぽつりと漏れた和哉の声に、明るい調子のまま答えた。

「何か言った？」

「なんともなくて、本当よかった」

和哉はそう言ってほっとしたように吐息をつく。

その言葉と表情に、瑛二の胸がかすかに痛んだ。

ずいぶんな態度を取り続けてきたはずなのに、それでも和哉は変わらずに、自分に優しい。

小さい頃もそういえば、走り回ってケガばかりしている瑛二を、おろおろとしながらやわらかい手のひらで懸命に手当てしてくれたものだった。

大きな瞳が自分だけを見つめて、潤んで揺らぐのが、子供心にもひどくきれいだった。

思えば、うるさいな、と言いながら、和哉に心配してもらいたくて、わざと荒っぽいことばかりをしていた節もある。瑛二によく似て気のきつい母親よりも、和哉のそのいたわりは甘くやわらいでいた。

ほの白い横顔を盗み見ながら、やっぱりきれいだな、と思った。やっぱり好きだな、とも感じて、不自然にならない程度に視線を逸らす。

前を向いたまま、「サンキューな」と小さく告げた。

「なんか、迷惑かけちゃったな」

「え、そんなことないよ？」

ひらひらと細い造りの手のひらを振ってみせる和哉に苦笑いする。そして、彼の続けた言葉に、軽く眉をひそめた。

「なんか避けられてるような気がしてたから、こんなふうに話せて俺、嬉しかったし」

「うん……」

そう言ってにっこりと笑ってみせる。子供の頃と変わらないそのきれいな表情に、瑛二の胸の奥が甘く痛んだ。

和哉は変わらない。瑛二に向ける笑顔も親しみも。意地をはった自分さえあっさりと許してしまわれては、もう謝るしかないような気がする。

「──ごめんな」

素直にはなりきれず真っすぐには見つめられないまま、ぼそりと呟くように言うと、和哉は意味がわからないようで、いぶかるような表情をした。

「なにが？」

「なんかずっと、態度悪くて。ごめんな」

今度は、和哉の顔を見て言った。そんな瑛二に少し驚いたように和哉はアーモンド形の目を見開いた。その表情がずいぶんと幼くて、可愛い、と思ってしまう。

照れたように口早に、瑛二は言葉を続けた。

「なんか、おまえ頭いいし、背も高いわ女にもてるわで拗《す》ねてたんだな、俺。置いてかれたみたいでさ」

「そんな……じゃあ」

ぎこちなかった自分の態度のゆえんの、もうひとつの理由は言えないままばつが悪そうに笑ってみせると、あどけないような瞳の奥がふっと揺らいだ。

「嫌われたんじゃ、なかったの、かな？」

ほんの少し切なげにきれいな弓なりの眉を寄せ、細い声が呟く。見慣れないその表情に瑛二の息がつまる。子供の頃とは違う抑えた感情表現は、どこか艶《つや》めいてたまらない気分にさせた。

「嫌ってねえよ。でもゴメンな、気分悪かったよな」

「いいよ……！」

ため息のような声が、切ない眉のまま笑ってみせる和哉の唇から零れた。

その表情から、自分の一方的な感情やコンプレックスが和哉をひどくつらい気持ちにさせていたのだと、瑛二は臍《ほぞ》を噛《か》んだ。

ゴメン、ともう一度告げるそれは、まるで囁《ささや》くような甘い声になった。和哉は黙って首を振る。気恥ずかしい甘さに気づかぬふりで、二人は穏やかな沈黙のまま歩みを進める。

薄暗い路上で、夏服のシャツと変わらない白さの和哉の細い腕だけがふわりと滲むように浮かび上がる。

優しげな笑顔はまるで変わらないのに、見つめる自分こそが変わってしまったのだと、瑛二は強く意識した。

薄い汗の滲んだなめらかな頬に触れたかった。

甘い色の髪や、薄い形よい唇にも触れてみたかった。避けていてさえ瑛二を悩ませる和哉の涼やかな容姿は、やはり間近に見れば直接的な衝動を覚えさせた。けれど、これ以上は和哉を驚かせたくはない。

自分の意地のせいで遠くなっていた、仲のよい幼なじみのポジションから、そう簡単に踏み出せるほど瑛二は大胆にはなれなかった。拒絶も恐《こわ》かった。久方ぶりの和哉の笑顔を、曇りのないそれを見つけてしまえばやはり手放すことは惜しい。

想いを抱え込んだ時間が長すぎて、臆病になっている自分を知ってはいても、それ以上どうしようもないまま玄関先で手を振るまで、瑛二は無言のままだった。

＊　＊　＊

後ろ手に玄関の鍵《かぎ》をかけた和哉は、肩の力を抜いて大きく吐息した。

瑛二とこんなに長い間話したのは久しぶりだった。ひと月前にも同じように、家の前で瑛二と別れてため息をついたけれど、その色合いは天と地ほどの差異があった。

――ごめんな。

囁くような声だった。声変わりをして、和哉よりも低く重い声質になった瑛二のそれは、大人の男の、だからこそ甘い気恥ずかしさの漂うものだった。

日焼けした浅黒い頬が照れ臭そうに笑うのに、瑛二に聞こえるのではないかと思うほど鼓動が跳ね上がった。

嫌われているのではないとわかって、馬鹿みたいに嬉しかった。そんな自分はなんだか単純で、呆れるほどだったけれど、嬉しいものは仕方ない。

まだ少し暖かいような気がする左胸を軽く指で押さえた和哉の耳に、お帰り、という声がかかる。祖母のものではないそれに、めずらしいな、と和哉は思った。

「早かったの、母さん」

「今日は残業がなかったからね。お寿司買ってきたのよ、一緒に食べましょ」

普段着に着替え、化粧を落とした母、美苑が寿司折りを摘んでひょいと顔をのぞかせる。年齢を感じさせない顔立ちと、その仕草の幼さに、和哉は苦笑した。

居間に入ると、だらしなく壁にもたれて座る美苑と、ほんの少しきつい表情の祖母の姿があった。

「おばあちゃん、ただいま」

言葉をかけながら、どうしたの、と目線で問うと、静かな、何かを押し込めるような笑みが返ってくる。

「疲れたぁ。和哉、ねえ、肩揉《も》んで」

祖母の表情をいぶかった和哉は、しかし美苑の甘えるような声に気を逸らされ、呆れたように吐息する。

「はいはい。その前にお茶淹《い》れようか」

長身を屈めて台所に向かう和哉の耳に、わずかに尖《とが》った祖母の声が聞こえた。

「たまに早く帰ってきて、和哉にばっかりさせて」

言い返す美苑の声も、別人のように不機嫌に歪んだ。

「いいじゃないの、うるさいな」

「疲れた疲れたって、あの子だって毎日大変なんだよ、なのにおまえは」

「はいはいはい、わかった、わかりました」

口調だけはふざけている美苑の声にも、剣呑《けんのん》なものが混じっている。

それ以上は聞きたくなくて、早足にその場を去る。

どんな形であれ、ひとの発する苦みのある尖った言葉が、和哉は好きになれない。自分に向けられたものであってもそうでなくても。

（いいんだよ、おばあちゃん）

家事一切を請け負うことは、実のところさほどの苦痛とも思わないのだ。それでうまくいくのなら、自分が動くことに関して和哉は労を惜しまない。

ただ、それを「大変ね」と言われることはあまり好きではなかった。同情されるのも、実のところは嫌いだった。いたわってくれるつもりの言葉なのだろうが、なぜだかそういった反応をされると、どっと重いものが肩にのしかかってしまう気がするのだ。

無意識のうちに強《こわ》ばった頬を解《ほぐ》すように、和哉は唇を嚙み締めた。

火にかけたヤカンがけたたましい音をたて、ひどく神経に障《さわ》る。こんな自分が好きではなくて、習い性の笑みを頬に張りつけ、和哉は大きく吐息する。

陰鬱《いんうつ》な空気の漂う居間に向け、殊更《ことさら》に明るく大きな声で「お茶がはいったよ」と告げるのは、誰をも傷つけることのできない臆病な和哉の、精一杯の抵抗だった。

** 3 **

「おす」

よく晴れた朝、いつもどおりに家を出た和哉の背中から、低い明朗な声がかかる。振り向くと、自転車にまたがったまま、広い肩にデイパックを引っかけた瑛二の姿があった。

「あ、ああ、瑛二。おはよう」

からりとした夏の日差しに化繊《かせん》のシャツが白く浮き上がり、瑛二の健康そうな肌とのコントラストを際立たせる。

普段はバスケ部の朝練に出るため、登校時間の嚙み合わない瑛二と和哉だったが、今日から始まるテストのため、すべての部活動は中止である。

今までも何度かそういう時期には、朝方に出くわすこともあったが、決まって瑛二は不貞腐れたような表情で目を逸らし、飛ぶような勢いで自転車を漕いでいってしまうのが常だった。

だが今朝は、何を言ったわけでもないのに和哉の隣で愛車を押しながら歩いてくれている。

「なんか、目、赤くない？」

あからさまに寝不足の、瑛二の表情を指摘すると、意志の強そうな唇が歪む。

「グラマーが一限なんだよ。昨夜《ゆうべ》は一夜漬け」

「成果は？」

「……聞くな」

ぼそりと言いつつうなだれた瑛二に、思わず和哉は笑ってしまった。

ここ連日母の帰宅が早いせいで、なんとなく気まずい様子の母と祖母を取りなすように笑い続けた、ひどく疲れる夕食の陰鬱な気分が抜けきらないでいた和哉は、そんなささやかなことにひどく救われた気分になった。

「ちぇ。余裕じゃんか」

「そんなこと、ないよ」

余裕、という言葉に引っかかるものを感じてしまった和哉は、自分の声がわずかに曇ったことを、瑛二に気づかれたくないと思った。

「化学もあるしねえ、今日は」

わざと、自分の苦手教科のことに話を振った和哉は、しかし色濃い瞳が探るように自分を見つめたことに、少し背を強ばらせる。

だが瑛二は、「それでも赤なんかとらねえじゃん」と冷やかすように笑っただけだった。

ほっとして、軽口を叩きながら歩きつつ、ふと視線を時計に落とす。

「あ、ちょっとやばいかな」

「うん？」

いつもならば道程の半分を過ぎているはずの時刻だった。だが、瑛二との他愛ない会話がひどく嬉しかったせいなのか、歩調が思うよりも緩やかになっていたらしい。確認した瑛二も、少し焦ったように眉を寄せた。

「げ、こんな時間か」

「瑛二、先に行っていいよ。自転車あるんだし」

そう告げると、無言のままほんのわずかに、瑛二は唇を歪めた。不意に硬くなった表情に、和哉は驚く。

とくに不興《ふきょう》を買うようなことを言った覚えもないのだが、と狼狽《うろた》えた和哉の前で、瑛二はその長い、力強い足で自転車をまたぎ、ぼそりと呟いた。

「乗れよ」

「え？」

「立ち乗り、できるだろ？　ほら、早く」

ぐずぐずしてると遅刻だ、という声に促され、わけのわからないまま、瑛二の厚い肩に手をかける。

二人乗りに慣れない和哉が体重をかけるように肩を握り締めても、瑛二はまるで動じないままにペダルを漕いでゆく。

「曲がるぞ、気をつけろよ」

「うん」

見慣れた街並が視界を流れていき、はっきりと目に映るものは瑛二のシャツの白さだけだ。ふと、昨夜からの気鬱《きうつ》が晴れていくのを和哉は感じた。

「なんだよ、楽勝じゃん、な」

見えはじめた校舎に得意げに笑った瑛二の「楽勝」という言葉が、時刻のことを指しているのはわかっていても、なんだか気分が軽くなる。

「……ありがと」

和哉の囁くような声に、前を向いたままの瑛二が「ついでだからさ」と答える。

いつのまにかこんなにも広くなっていた幼なじみの背中に、本当はすがりついてしまいたかった。

＊　＊　＊

自転車置場の前で降りた和哉の華奢《きゃしゃ》な指が肩から離れていく。わずかばかり残念に思いながら、別れたときに見せた、険のないきれいな笑顔に瑛二は少し息をつめる。

「じゃあ」

「あ、おう」

学年の違う和哉は瑛二の教室のある二棟をぐるりとめぐった位置にある三棟に行くため、「お先に」と早足に歩き出す。

「和哉っ」

その細いシルエットに思わず声をかけると、急いでいるはずなのに苛立ちのひとつも見せず、彼は振り返った。大きな淡い色の瞳が「なに？」と問いかけるのには答えないまま、

「今日、テスト何限まで？」

瑛二が投げかけた質問に、和哉は不思議そうな表情をした。

「え……初日だから、とりあえず四限」

「じゃ、終わるの同じくらいじゃん。帰り一緒しようぜ、ここで待ってってから」

早口に言いつのり、OK？　と上目に窺《うかが》うと、驚いた表情のまま、和哉は慌てて頷いた。

「うん、じゃあ、あとでね」

すらりと背が伸びて、見慣れていても気後れしそうに整った顔立ちの和哉だが、目を見開

いた表情はやはり幼くて、瑛二はほっとしながらも胸が疼いたのを感じる。

彼に向かって不貞腐れたり避けまくっていたのはつい先頃のことで、この間の今日でこういう態度も馴々《なれなれ》しいかな、と思ったけれど、和哉はむしろ自分が声をかけることに喜んでさえくれるようだ。


今でこそ誰とでもうまくやる和哉だが、なんとなく対人関係には臆病で、これといって親しい友人はあまりいないようだった。

家庭の事情も複雑なので、そういうところまで踏み込ませるのも嫌いらしく、和哉を見てきた年月の間で、彼の家に誰かが遊びにいく、というのを目撃したことがない。

（淋《さび》しいのかな）

ごちゃごちゃに自転車の置かれた駐輪場で、苦心して自分のスペースを確保しながら、瑛二は知らず眉間《みけん》に皺《しわ》を寄せていた。

今朝がた、玄関から出てきた和哉の表情は、誰の視線をも意識していないだけにひどく色がなかった。きれいな頰を硬く強ばらせ、虚《うつ》ろな瞳はどこか遠いままだった。

気恥ずかしさに迷ういとまもなく声をかけてしまったのはそのせいだ。

一方的に避けていた時期も、結局和哉から目を逸らしきることのできなかった瑛二は、その疲れたような顔色を彼が浮かべるとき、決まって美苑の帰宅が早いことを知っていた。

斜向かいの家の気配は、通りに面している瑛二の部屋にも伝わってくる。花家宅の玄関がいつもよりうるさめに開閉されると、長年の勘で「ああ、彼女だな」とわかるのだ。

そして、これは和哉自身気づいてはいないようだが、彼は実は自分の母親が苦手なのではないかと思う。

小さな頃から、彼が母親に対してひどく遠慮がちに気を遣っているのが不思議でならなかった。瑛二にしてみても、いつまでも女らしく美しい美苑には一般論として「いい女だな」と感じるものの、母親としての彼女を思うとき、強烈な違和感を感じずにはいられない。

瑛二の母親は剛毅な性格で、躾《しつけ》には厳しかったけれど、その分全力でぶつかってくる子供を受け止めるだけの強さがあった。親への反抗も憎まれ口も、それを受け流す強さがあると確信すればこそのことだ。しかし、美苑のようにふわふわとした女には、それは難しかろうと思う。

瑛二の前でこそよく泣く和哉だったが、美苑が迎えにくる頃には頬は乾き、穏やかな笑みさえ浮かべていることがほとんどだった。

（無理、すんなよな）

頼ってくれればいいのにと思ったが、さりとて受け止めてやれるほどの自信もないのだ、実のところは。

肉の薄い身体で、傷つきやすい心を持っているくせに、しなだれるような甘えを見せない和哉の強情な面を、もどかしく思いつつ、それでも認めている。

しなやかな柳のように吹きつける風をやわらかく受け流す、ある種消極的な和哉のやり方は、直情な瑛二には持ちえない強さなのだろう。

それでもできるなら、つらい思いは少ないほうがいい。華奢な身体で気負っているのが痛ましい。だがそれをどうやって和《やわ》らげていいのかわからない自分が、歯痒《はがゆ》かった。

大丈夫なのだろうか、と去っていく細い背中を眺め、ホームルーム開始五分前を報《しら》せるチャイムに慌てて瑛二は我に返る。

「うあ、やべっ！」

予鈴に急《せ》かされるように、長いストライドで走り出す。

目先のテストにさえ振り回される自分が、そんなことを考えるほうがよほどおこがましいか、と瑛二は重いため息をついた。

＊　＊　＊

テスト終了までの五日間、瑛二と和哉はかならず一緒に登下校した。二人はそのことについてまるで意識していなかったのだが、瑛二が入学してきた春先からこっち、まったくといっていいほど接触のなかった二人連れに、周囲の人間は一様に驚いていた。

和哉は学年で常に一桁《けた》台に入る成績とその華やかな容姿から、瑛二の通う高校では結構有名なほうで、瑛二にしてみてもスポーツ推薦の新入生ということで、ある種名の通った部分がある。

クラスの友人などには「花家先輩と親しかったのか？」と訝《いぶか》しがられ、女子の一部には「紹介して」と詰め寄られ、テスト中だというのになんとなく浮き足立った教室内の空気に瑛二は少々うんざりしていた。

「えー、じゃあ、昔から知り合いなの？」

休み時間に瑛二の周りに群がった女子は、入学以来ほとんど口を利いたこともない面子《メンツ》ばかりだ。

短気でぶっきらぼうな瑛二は、女になりはじめる年頃の不安定な気持ちを汲《く》んでやるのが苦手で、うまく機嫌を取ることができない。そんな瑛二だから、「取っつきにくい」と、嫌われるまではいかなくとも、女子の間では今までなんとなく遠巻きにされてきていた。

適当に相槌《あいづち》を打ちつつ会話を聞き流す瑛二の隣で、校則に引っかからない程度に明るい色に髪をブリーチした青年が、にこやかに受け答えている。

「だから、幼なじみってヤツ？　家が近所で……な？」

「んー」

部活も同じである茶パツの二見は、いつぞやの保健室騒ぎのときに付き添っていく和哉を見かけてもいたので、騒がしい周囲に閉口した瑛二の代わりに、適当な説明を振ってくれた。

少しミーハーで口のうまい二見にまかせ、当の瑛二は一向に頭に入らないノートの内容と睨めっこのまま、「そー」とか「あー」とだけ生返事を返すのみだった。

「おまえさあ、もちっと愛想よくしたらぁ？」

そんな瑛二の態度に呆れ、「チャンスじゃん」と寄ってくる女子を値踏みしていた二見にこっそり囁かれても、瑛二は軽く眉を上げて「どうせ和哉目当てだろ」と言い捨てるだけだった。

姦《かしま》しい集団にうんざりしていた瑛二は、そのなかには話題にかこつけて瑛二となんとか接点を持とうとする幾人かがいることなど、気づいてさえいなかった。

第一、最後の悪あがきとばかりに睨みつけている目の前の方程式ほども、女子の視線に興味をそそられはしない。

「そりゃ、いまは花家先輩狙《ねら》いかもしんないけどさ、喋《しゃべ》ってるうちに、ってのもあるじゃん

よ」

「俺はそんなことよか、この期末に赤を取らないほうが重大だっ！」

瑛二たちのバスケ部は猛練習が報われたのか、無事県予選を勝ち抜くことができた。

しかし、この期末テストでの成績が悪かったものについては夏休み中に補習授業が課せられることになっていて、それが見事にインターハイの日程と重なっているのである。なんとしても落とすわけにはいかない、と必死になる瑛二には、そんな浮ついた気分は遠い出来事だった。

そんな瑛二に、要領のいい二見は余裕で「勿体《もったい》ねえ」とため息をついたが、頑《かたく》なで不器用な友人を励ますように、派手目の顔立ちを和《なご》ませた。

「ま、でもこう言っちゃなんだけど」

くっきりした二重の瞳を眇《すが》め、こそこそと二見は瑛二に耳打ちする。

「……花家先輩より美人なやつって、うちのクラスにはいねえしな。高のぞみってもんだろうしさ」

そこそこに可愛いレベルはクリアしていても、和哉のあの繊細な造りに並んで見劣りしないような、華やいだ雰囲気の持ち主は、悲しいかな見渡すかぎりには存在しない。

（そのとおりだよ、馬鹿たれ）

邪気のない一言が友人の複雑な心境の図星を指してしまったことなど、まるで彼は気づいていなかった。

「ま、花家先輩はアイドルみたいなもんでしょーから。そのうち、適当なとこで手を打つって、女は」

だから俺にもチャンスはあるのさ、とばしばしと瑛二の肩を叩き、二見は笑いながら自分の席に戻っていった。

＊　＊　＊

そんなこんなの慌ただしかったテスト期間も最終日となり、日を追って憔悴《しょうすい》していく瑛二の頬にもなんとか明るさの見える放課後。

試験の疲れをねぎらうために部活も休みとなり、久方ぶりに肩の軽い放課後を迎えた。

「どうだった？」

からかうような笑みでのぞき込んでくる幼なじみは、二見の言うとおりクラスのどんな女子よりもきれいな肌をしている。

「しーらねえ。もう、とにかく終わったぜっ！」

やけくそ半分の解放感から大きく伸びをする瑛二に、和哉はおっとりと言葉をかける。

「頑張ってたから、きっと大丈夫だよ。ここんとこ、結構おそくまで電気ついてただろ」

そういう彼は、おそらく同じ時刻か、それ以上に勉強していたのだろう。やんわりとした口調で和哉が言った言葉から知れる。

「ま、な。報われりゃ、恩の字だけど」

頑張ってたから、などという子供に対するような褒《ほ》め言葉に、わざとぶっきらぼうに言い捨てたけれど、和哉が自分を見ていてくれたことがくすぐったく嬉しい。

和哉も決して要領がいいというわけではない。マイペースにこつこつと積み重ねた努力で、学年の首位をキープしている彼には、内心舌をまくものがある。

「きょうは夕飯ナニにすんの？」

「肉じゃが、かな」

スーパーの店内、特売のジャガ芋《いも》を片手に、少しはにかんで和哉が答える。

家の手伝いのある和哉は瑛二との帰宅の途中で、夕食用の食材を買い込むのが習慣だ。

学生服にスーパーの袋という取り合わせは、やはりミスマッチなものがある。所帯染みて疲れた雰囲気など微塵《みじん》もない、モデル並みのプロポーションと容姿を持つ和哉だけに、その姿は奇妙な可笑《おか》しささえ感じさせた。

だが、そんな彼と一緒に歩くことを、瑛二は特別恥ずかしいとも思わなかった。和哉にも、そんなふうに気を回してほしくはなかったので、殊更になんでもない様子で、慣れた道程をのんびりと歩いた。

「先、帰っていいのに」

和哉のほうは、瑛二に付き合わせることはやはり少々抵抗があったようだ。近所の小母ちゃん連中には見られることには慣れっこでも、同世代の人間には微妙に気恥ずかしさを感じるらしい。

「なんで？　別にいいじゃんか」

安売りのため買い込んだ冷凍食品が重そうで、いいというのを強引にひと袋奪い、ぶら下げたまま瑛二は歩く。

「料理できるなんて、カッコいいじゃんか。俺なんか、休みに家にいると役立たずって罵《のの し》られるだけだし」

挙げ句、寝転がった身体にはたきをかけられ、掃除機で追いやられるのだというと、和哉はめずらしく声をあげて笑った。

「おばさんらしいや」

校内でたまに見かける、穏やかだがどこかよそよそしい笑みとは明らかに異なる表情に、じんわりした優越感と独占欲が湧き起こる。

この数日、傍らにあることにようやく慣れたやわらかな造りの横顔を見ながら、もっと早くこうしていればよかったなと瑛二は思う。

もっとこういう時間がほしいと、切実に願う。

「あのさ、和哉」

「ん？」

来週からは、また部活が始まって、こんなふうに一緒に歩くことも減っていくだろう。こみ上げる寂寞感《せきばくかん》と焦りのようなものにまかれるまま、瑛二はひとつ、頼みごとをしてみた。

「今回の期末はさ、なんとかしたけど……やっぱ、俺の頭じゃ色々不安でさ」

「ええ？」

そんなこと、と言いかけた彼を遮って、言おう言おうと考えていた提案を口に出す。

たぶん和哉は断らないだろう。昔から彼は自分に甘いことは、誰よりも知っている。

「暇なときでいいけど、勉強、教えてくんねえ？」

負けたくないという意地よりも、和哉と過ごす時間のほうが百倍も大事だと、この数日で思い知った。

紹介して、なんて甘ったるくねだる女子連中に、少しばかり脅威を感じたせいでもある。いつかの夕暮に見つけたように、強引なアプローチに出るヤツもいるだろう。

(冗談じゃねーや)

ずっと見てきたのだ。逸らしきれずに横目で窺うようにしながらも、肩越しの意識はいつでも和哉へ向かっていた。

昨日今日に騒ぎはじめた女どもに、こんな大事なものを取られたくない。

「いいだろ？　だめ？」

問いかけつつ、それはほとんど断定に近い強引さで、年下の甘えを装った瑛二は怜悧《れいり》な顔立ちをのぞき込んだ。

夕映えに染まった和哉の瞳が、なぜか困ったように揺れている。

長い睫毛に縁取られた双眸《そうぼう》から微妙な感情を嗅《か》ぎ取って、瑛二はふと体温が上昇するのを感じる。

和哉にこんな瞳をさせるのが自分だけなのだと、その瞬間瑛二は感じた。

根拠はなかった。けれど。

「だめかよ？」

もう一歩踏み出して近づけた鼻先の距離に、和哉の色白の肌は、夕日のせいばかりでもなく染まっていく。

平静を装う表情とは裏腹に、心臓はうるさいほど早鐘を打ち、シャープなラインを描く瑛二の瞳は力を増して和哉を搦《から》め捕ろうとする。

暴《あば》くような視線がぎらついているだろうことは知っていても、その力を緩めてやる気はなかった。

コンプレックスを刺激され、プライドに邪魔されて、目の前の表情の鮮やかさに気づかなかった。

手に入らないのなら、いっそ遠ざけてしまえと思っていた。

けれどこの揺れる眼差《まなざ》しが、欲を刺激する。可能性を感じさせる。

もしかしたらという期待は、互いに逸らせなくなった視線の絡む先で、確信に変わる。

自転車を挟んだだけの距離でかわす会話の内容よりも、色濃い瑛二の視線が物語るものに、和哉は気づいたようだった。

「いい、けど」

耐えきれずうつむいたか細い声の答えに、興奮に近い歓喜を覚えて、満足の笑みを瑛二は浮かべた。

「さんきゅ」

口調は軽いけれど、ハンドルを握り締めた手のひらが汗ばんでいることを、きっと和哉は気づいていない。

心臓はバクバクいっているのに、案外俺も強気だな、と心のなかで浮かべた笑みは、そのまま顔に出てしまったらしい。

「でも、彰一さんに教わったら話は早いんじゃ」

含んだ笑みに臆《おく》したのか、ぼそぼそと言う和哉に、あっさりと返す。

「アニキになんか頼んだ日にゃ、日給いくら取られるかわかんねえよ」

「そ、そっか」

「そーです」

ぎこちない和哉はきれいで可愛い。自転車を挟んだ距離にいて、たぶん瑛二を意識している。

困ったように幾度も握ったり開いたりしている、その細い指を握りたいな、と瑛二は思って、しかし自転車のハンドルとスーパーの袋に自分の両手がふさがっていることに気がついた。

(まあ、いいか。これからこれから)

がっつくなよ、と己れを戒《いまし》めつつ、暮れていく夏の日差しに背中を熱くした。

＊　＊　＊

互いの家の前につく頃にはすっかり日は落ちて、常夜灯がぽつぽつと灯《とも》りはじめていた。

それじゃあ、といいながら瑛二が差し出したビニール袋を受け取るとき、軽く指が触れ、ちくりと和哉の胸が痛む。

「あ、重いのに、サンキュ。悪かったね」

口早に言いつつ、意識しないように努めて引っ込めようとしたそれを、瑛二の長い指が不意に、きゅっと握り締める。

「……！」

隠しようもなく揺れた肩に気づいているはずなのに、瑛二は何も言わず、触れたときと同じ唐突さで絡んだ体温を解いていく。

（なに？）

ほんの一瞬のことだったのに、痺《しび》れたようになった指先をきつく握り締めた和哉に、

「おやすみ」

と笑って告げて、彼はドアの向こうへ消えていった。

何事もなかったかのようなその態度に、和哉はひどく混乱する。

「なんだよ、なにこれ」

取り残された気分で、けれどそれは不快ではなく——和哉はぼんやりと胸のうちに兆《きざ》した疑問符を口に上らせた。

瑛二に触れられた先から入り込んだ熱が身体中を駆け巡って、遣《や》る瀬ないような不思議な高揚に満ちていく。

そして、瑛二がまるでねだるように取りつけてきた「約束」の意味を考えた。

この数日、まるで幼い頃に戻ったように楽しくて、来週からまたサイクルがもとに戻ることを残念に感じていたのは和哉のほうだ。

勉強を教えて、と言いながらのぞき込む瞳の色がひどく強くて、意図するところがまるで読めなくて、わけのわからないまま頬が火照《ほて》ってしまった。

（なんだろう……あの、視線）

駄目なのか、と問われて、一体それが何を指しているのかを、思わず履き違えてしまいそうな熱っぽい眼差しだった。

目眩《めまい》がしそうだった。

瑛二は何もしていないのに、まるでナニかされてしまったような気分になって、ひどく恥ずかしかった。

視線が熱かった。和哉の淡い色の瞳を見据え、そのさらに奥を見透かして、何もかも暴き立てるような。

「なに、これ」

そのくせ、一瞬握り締めた指先を、すぐに彼は解いてしまった。

それを残念がっているのは、紛れもなく和哉のほうだ。勘違いするなよ、といくら自分に言い聞かせても、高ぶってしまった感情がなかなか治まらない。

まだもっと互いの手のひらが小さかった頃は、何度だって手をつないだ。それなのに、たったこれだけのことが今では切ない熱となって身体ごと揺さぶりをかける。

「なにこれ……瑛二」

かたい指だった。強くて、熱い指が本当に軽く、ほんの少しだけ自分に触れて、それだけで悲しくもないのに泣きたくなる。

左の肺の奥、不思議な場所が甘く痛い。

(いいのかな)

少しは自惚《うぬぼ》れても。期待しても。

心の隅で、ほんの少し考えるだけなら、許されるだろうか。

こんなふうに勝手に幸福の予感に酔っ払って、どこかでしっぺ返しがくるんじゃないだろうか?

熱をはらんだ瞳を瞬《まばた》きして、和哉は深く息を吸い込んだ。気を取り直すように、もう一度荷物を抱え直して、のろのろと玄関の扉を開ける。

「ただいま……」

見慣れた我が家へと発した自分の声が怯《おび》えるように震え、何とはわからない違和感を覚える。

(あれ?)

視線が三和土へと落ち、無意識にふわりと甘く緩められていた和哉の表情が、一瞬かたく強ばる。

美苑の好んで履く細身のヒールの脇に、見慣れない男物の革靴。

このところ覚えていた苦い予感は当たったのだと、和哉はそのとき知った。

「和哉？　帰ったの？　ちょっとこっちにいらっしゃい」

いつもよりも華やいだ母、美苑の声音で、和哉は確信を深める。

（やっぱり……）

先ほどまでの浮かれた気持ちは急速に冷え、どこか重いものを胃に詰め込まれたような違和感を感じながら、声のするほうへと足を向けた。

狭いはずの廊下がやけに長く、遠かった。

＊＊　4　＊＊

「初めまして、伊島《いじま》です」

落ち着いた声で短くそう告げた壮年の男は、和哉に深く頭を下げる。

「和哉です。母が、お世話になってます」

儀礼的にそう返しながら、制服のまま狭い居間に、伊島と向かい合うように位置取って正座する。

目の前の男は小柄で少しばかりかた太りな体型をしていた。決してハンサムとは言えないが、丸い造りの顔立ちは穏やかに上品そうで、やわらかな物腰や意志の強そうな目元に好感が持てた。

その彼を見やる美苑の様子からいって、言われるまでもなく二人が付き合っていることはわかった。

めずらしく美苑が腕をふるった料理を四人で囲みながら、にぎにぎしい雰囲気で食事は進んだ。

和哉自身はいくつかの質問に言葉少なに答える程度であったけれど、穏やかな表情の彼は空気をまずくするようなこともなかった。

彼は伊島靖親《やすちか》といい、美苑の勤める会社と業務提携をしている商社の企画室の部長であるという。

霜の降りはじめた頭髪はこざっぱりとはしているが洒落《しゃれ》っ気《け》はなくおそらく50代前半であろうけれども、脂ぎった印象の薄い、好人物だった。

管理職にあるという彼には、ありがちな威圧的な態度はなかった。だが、地味ではあるがある種の人をひきつける力と、無駄のない会話のテンポのよさは短い時間の中で和哉にも感じ取れた。

ひと通りの自己紹介のあと、世間話を交えて場が和み、小一時間もたった頃ふと示し合わせたように四人の口がつぐまれた。

落ち着かない様子でいた美苑が、決心したように和哉と祖母を真っすぐに見据え、口を開く。

「……あのね」

「うん？」

やわらかに微笑んだ祖母が、初々《ういうい》しい表情の娘を促した。

「あの……もう、わかってると思うけど、お母さんね、この人と」

わずかに頬を紅潮させ、言いさした美苑を、伊島がやんわりと止める。

「いや、花家さん。それは私から言わせて下さい。……和哉くん、それから、お母さん」

「はい」

改まった様子で、伊島は居住まいを正す。

「はじめてお伺いして、何を言い出すかと思われるでしょうが」

和哉と祖母に向かい、そう告げた伊島の表情には、生直面目な熱っぽさがあった。

「私は、花家……いや、美苑さんと、結婚しようと思っています。妻には五年前に先立たれまして、子供もなく今までひとりでやってまいりましたが」

伊島は少し言葉を切り、はにかんだ少年のような笑いを浮かべた。

「美苑さんとは、知人の紹介で知り合いました。年がいもない、とお思いでしょうが、私は彼女が、好きです」

きっぱりと、気恥ずかしいような告白をした伊島は、和哉と祖母の前に、静かに両手をついた。

「お二人が、嫌でないと思われるなら、私の家族になっていただけないでしょうか」

静かな声で、真摯《しんし》な表情で頭を下げる彼に、祖母は涙の滲んだ皺《しわ》のある顔を、嬉しげにほ

ころばせた。

「ええ、ええ……ありがとうございます。伊島さん、そんな……顔を上げてくださいな」

和哉が生まれてすぐに、その父親であり美苑の夫であった人物は他界してしまった。

和哉によく似た線の細い容貌で、身寄りもなく、身体の弱かった彼は勘当され自分のために ついてきてくれた美苑と、和哉のために、と無理な仕事を続け、二十二という若さであっけなく逝ってしまったのだ。

「こんな娘ですが、やはりね、幸せにはなってほしいと思っておりましたから……」

十八で家を飛び出し、夫をなくした若い美苑が頼るところもなく戻ってきた生家では、すでに父親は鬼籍の人となっていた。古い町ではそんな母子に対する風当たりは決して暖かくはなく、その後の美苑と祖母の苦労は、やはりひと通りのものではなかった。

色々なものがよぎるのか、うっすらと頬を染めた美苑の瞳にも光るものがあった。そうして頷き合い、微笑み合う三人を前に、なぜか和哉はその輪のなかに入り損ねたような疎外感を感じる。

もとより和哉はそのことに反対するつもりもない。

こだわるほどには亡き父の記憶はあまりに薄く、母親が女として幸福を得たいというのを咎《とが》めるほどに幼くもないつもりだった。

だというのに、なぜだか嫌な感じが拭《ぬぐ》えなかった。

このところ漠然とではあるが、再婚の気配も感じてはいた。伊島もいい人だと思う。美苑と結婚したいというだけでなく、和哉にも祖母にも家族になってくれと頭を下げた態度は、好ましくこそ思え、不快さは微塵もない。

それなのに、自分は何がこんなに不安なのかわからぬまま、強ばる頬を解けずにいるのか。

和哉は小さく頷いた。

「いいの？　和哉」

不安げな美苑の声に、やっと小さく笑ってみせる。

「いいも悪いも、反対するわけないよ。おめでとう」

「ありがとう」

頬をほころばせた美苑は、和哉が苦しげに浮かべる微笑みに気づかぬまま、ほっと息をつく。

そうして、和哉の表情は赤い唇から紡がれた言葉に完全に凍りついた。

「よかったわ。あとは、引っ越しの用意だけね」

「え⁉」

おそらく祖母は事前に聞いていたのか、その言葉に取り立てて反応はなかった。

「引っ越し……って、いつ、どこに」

ひどく恐ろしい言葉を聞いたかのように、和哉の身体から血の気が引いてゆく。

くらくらと、貧血を起こしたように頼りなくなる語感を堪え、ようやく声を絞り出すと、浮かれたままの美苑は和哉の様子には気づかぬままおどけたように笑った。

「伊島さんね、もとは東京に住んでらしたのよ。で、こっちの部署に協力って形でいらしてたんだけど、業績が認められてね、本社に戻ることになったの」

まさか。

「そっちに、行くの？」

「そう、だからね、こんな急な話になっちゃって。あなたにも悪いけど、しばらく忙しくなるわね」

まさか。

「忙しいって、なに」

「でも、向こうに行ったら母さん仕事やめて、専業主婦になれるし。色々迷惑かけてきたけど、母親らしいことできるから、これからは」

だからしばらく我慢ね、と楽しげに微笑む美苑の前で、和哉は真っ青な顔色で震えている。

「転校の手続きとか、明日学校行ってお母さんしてあげるから、身の回り片づけはじめててね。夏休みには」

テーブルの下で震えながら握り込んだ手のひらは、冷たい汗で濡れていた。

「――引っ越すわよ？」

（瑛二……）

ぼんやりと遠くなった美苑の声には反応できず、別れ際じっと見つめていた広い背中を思う。

（瑛二、どうしよう……どうしよう）

約束をした。思えば、瑛二と約束をかわすなど、一体何年ぶりのことだったろう。

今日の夕刻、笑いかけてくれたその表情は、あんなにも甘く胸を騒がせたのに。

和哉が中学に上がり、初めて学校がわかれ、少しずつ開いていく距離を誰より恐がっていたのは和哉だった。だからこそあんなにも、嬉しかったのに。

――だめかよ？

ぶっきらぼうな声。だけど優しい声。

あの声を自分は手放すことができるのだろうか。

――さんきゅ。

広い肩や、和哉の手を軽く摑んだ腕の強さに、目眩がした。

熱っぽい眼差しの意味さえ、まだ自分はわかっていない。

これから知りたいと、そう思ったばかりなのに。瑛二をもっと知りたいと、感じたばかりなのに。

それなのに——。

和哉の様子がおかしいのに気づいたのはむしろ、美苑の傍らの伊島のほうだった。

「和哉くん、具合でも悪いのかい？」

その気遣う声に、ようやく和哉はうなだれるように伏せていた顔を上げる。

和哉の、震える薄い唇から零れたのは、奇妙に平坦な声だった。

「ぼくは、平気です。……ぼくは」

「え？」

ようやく和哉の表情に目を留めた美苑が、訝しむように視線を投げた。その馴染《なじ》んだ顔は見知らぬ他人のもののようで、幾度めかの違和感に、目が霞《かす》んだ。

「ぼくは、行きません。ここに、残りたい」

ようやくそれだけを、必死の思いで口に出す。膝の上でかたく拳を握り、目を閉じた。

「ここに、いたいんです！」

どこか痛むような声で言い放った和哉に、部屋の空気が色を変える。

困ったように「それは」と口籠もった伊島を遮り、美苑が苛立った声を出した。

「どうして？」

詰め寄るように、いまは自分よりもはるかに大きくなった息子の肩に手をかける。

「転校が嫌なのは、わからなくはないわ。でも、和哉にだって悪い話じゃないでしょう？」

彼女の宥めるような声が、ひどく気味が悪い。悪寒《おかん》に包まれ、和哉は身震いした。

「大学は東京のほうに行きたいって、言っていたじゃない。少し早くなるだけなのよ、それに受験には向こうにいるほうが色々いいし」

（違う）

自分で選び、出ていくのと、無理遣り立ち上がらせるような方法で連れていかれるのとはまるで違う。

そう言いたかったけれど、舌先は強ばったように唇のなかで震えている。

「離れてどうやって暮らすの？　まだ高校生なのよ、あなたは。ひとりでやっていけるわけがないでしょうに」

顔を上げさせられた和哉は、不安そうな祖母を見て、困惑気味の伊島を見つけ、美苑を見つめた。

それは追いつめられて助けを求める小動物のような視線だったが、美苑はそれを見逃してしまった。そして。

「あなたのためでもあるのよ？」

ソシテワタシノタメデモアルノヨ。

「嫌だなんて、そんな」

美苑はすがる目をした。

「そんな悲しいこと、言わないでちょうだい」

和哉の見開いた瞳は、色をなくしていた。

その一言と表情は、和哉にとってもっとも触れたくない記憶のなかの美苑に、シンクロしてしまったのだ。

＊　＊　＊

言葉が、痛かっただけではないのだ。わかってもらえないことが悲しかった。

（そんな悲しいことを言わないでちょうだい）

人のよい美苑はいつもそう言って、和哉によく似た大きな瞳を揺るがせた。

（みんないい人よ？　お友達もいい子でしょう？　誰も悪く言ってやしないのよ？）

ねえそんな私を悲しませるようなことを言わないで。

そう訴えかける美苑の潤んだ瞳に責められて、和哉は何も言えなくなる。

（……でも）

でも。

でも。

痛いのに。

胸が痛いのに。指の先や爪の間や、堪えても堪えても零れる雫《しずく》をたたえる瞳の奥さえ痛むのに。

——そんなこと、ないわね？

見つめる少女のような視線に気圧《けお》されて、和哉はうなだれる。

苦しいよ、と胸のうちで叫ぶ。だが美苑にそれを告げれば、彼女はその痛みをさえ抱き締めなければならなくなる。

——……ないよ。

そうとしか答えることのできない和哉にどこかほっとしたように、美苑は微笑んだ。

——和哉はちょっと、考えすぎちゃうのよ。

気持ちを軽くするために、おそらくは意図的に明るく放たれた言葉は和哉の痛みを殺した。

大丈夫、苦しくない。

美苑を傷つける言葉を幼い歯で噛みつぶし、飲み干した和哉の胃の奥はその毒に焼かれてきりきりと痛んだ。

苦しくない。

涙は止まらなくても。

あっさりと笑って美苑は話を終わらせた。

立ちすくみ取り残されて和哉は笑った。

子供の浮かべる笑いの種類とは明らかに色を違えたそれは、怜悧な顔立ちに薄い影を刷《は》いた。

血の気のない、青白い頬に浮かぶ表情は、焼きちぎれる寸前の和哉の心情を何よりも表している。

美苑は振り向かない。和哉の顔を見ないから、和哉の心も見えない。

見ないふりをしているのかもしれなかったが、それはすでにどうでもいいことのように和哉には思えた。

(なにもないよ。ぼくはひどいことなんか言われていないし、お母さんだって笑われていやしない)

声を出さず背中に言葉を投げると、薄笑みが強ばりつき、華奢な指がガクガクと震え出す。

（オトコがいるだとか派手でみっともないとかガイジンの子とか、だらしないうちの子供はやっぱりとか聞こえるのは気のせいなんだろう？）

ひゅう、と和哉の細い喉が不自然な呼吸音を発した。

（歩いてるとなんだかじろじろ見られて笑われてたり、ものがなくなったらいつもぼくが最初に尋ねられたりするけどそんなのたまたまなんだね？）

「――っ！」

悲鳴をあげかけた喉を手で押さえて、反射的に和哉は外へ出た。

靴を履くことも忘れ、日の傾いた道を、靴下を履いただけの足で走り抜けた。足の裏、子供のやわらかな皮膚は、小石やガラスの破片だけでなく、舗装された道との摩擦に傷をおっていく。

人気のほとんどない薄暗い道を走りながら、ばらばらと流れていく涙だけが熱かった。

呼吸の苦しさも、息の上がるわけも、走っているせいだ。

（走るだけだよ、痛くないよ……！）

お母さんは悪くない。誰も悪くない。ぼくは何もしていない。

人のいい、やさしいぼくのお母さん。汚い言葉を信じないお母さん。あなたへの汚い言葉をぶつけられたぼくを知らないお母さん。

あなたのためについた傷を、知らないこととしていたいお母さん。

じゃあぼくはなんで、なんのために、こんなにも。

誰のために、いったいどうして——。


傷ついているんだろう？


息が切れる頃に辿り着いた公園には、もう誰もいなかった。

木立が多い自然公園はさまざまな雑木があえて整理されずに生い茂るままとなっている。

その枝葉のアーチをくぐる形で、歩きやすいよう舗装された道路の脇の灯《ひ》は、設置された間隔がかなり開いている。

辺りはとっぷりと暗く甘い闇が包んでいた。遠い街灯の光では自分の手足さえもはっきりと見えない。あるいはそれは、流れるままにまかせた涙の幕のせいであったかもしれないが。

「あ……」

弾む息の合間、嗄れた声が和哉の細い喉から漏れた。

汗なのか涙なのかわからないものでぐしょぐしょになった顔を、骨の細い、肉の薄い両手で覆った。宵闇にまぎれ見ることは叶《かな》わないけれど、まだ幼いラインの先細りの指先に筋が浮くほど力をこめ、やわらかい頬を摑み千切りそうなほどだった。

その両手の隙間から漏れる、和哉の変声前の不安定な高い声が、うめきから次第に叫びへと変わる。

「あ……あ……っ、ああああっ！」

言葉にならない、してはいけない心の声は、か細い身体の全身からほとばしった。

「わあああ――ッ!!」

あしがいたい。つめがわれたかもしれない。ほおをひっかいたのはぼくのつめだ。ぼくのつめだけがぼくをきずつけている。ぼくだけがぼくをきずつけている。

（イタイイタイイタイイタイイタイ――痛い）

ぼくはぼくをきずつけたくないのにくいこんでいくつめがとれない。ゆびがかたまってとれない。だれかとって。たすけて。

（助けて。だれかとめて）

叫びが不意に止む。緊張していた全身が力をなくすと同時に、和哉はくずおれるようにしゃがみ込んだ。嗄れた喉からぽつりと漏れた言葉は、かすかに空気を震わせるだけだった。

──助けて。

** 5 **

住宅街の狭い路地へと彰一《しょういち》のフルカウルのバイクが入り込んできたのと、坂本家《さかもと》の斜向《はすむ》かいの家からけたたましい音をたて、すらりとした長身のシルエットが飛び出してきたのはほぼ同時のことだった。

停車のために減速させたバイクの上、流れの緩《ゆる》やかな彰一の視界に、年下の幼なじみの姿とまろぶように転がり出た彼の母親の姿を認める。

(……ん?)

ヘルメットを脱ぐ彰一の細面《ほそおもて》の造りの顔は穏やかで、あまり瑛二《えいじ》とは似ていない。しかし、尋常ではない様子の和哉《かずや》の姿を認め、温厚そうな瞳に一瞬険のあるものが浮かび上がる。

見かけたことのない壮年の男性に宥《なだ》められるように家のなかへ戻る美苑《みその》の姿を横目に見やると、彼は駆け上がるように自宅の二階へと足を進めた。

＊　＊　＊

天井を見上げ物思いに耽《ふけ》る間に、いつのまにかうとうととしていたらしい。

まどろみを縫うように聞こえた階下から昇ってくる軽い足取りに、瑛二は隣室の兄が帰宅したことを知った。

ぼんやりとするまま、日に焼けた手のひらを目の前にかざす。我慢しきれず結局は和哉の指を握り締めた、この堪《こら》え性《しょう》のない指先に感じたのは、和哉の怯《おび》えたような気配とためらいだった。

（なんかちょっと、やわらかかったような……）

肉の薄い身体《からだ》が物語るとおり、骨っぽい指だったのに、皮膚のなめらかさがそう思わせるのだろうか。ボールを扱うせいでざらついて荒れた自分の指とは全然違う生きもののようだった。

拒絶の匂《にお》いのない戸惑いは、頼りない細い感触とともにまだこの手のなかにある。

大胆なことをしたと思っている割に、瑛二にはあまり後悔はない。むしろ、この程度の接触でさらに揺れた和哉の薄い肩に、ある種の苛虐性《かぎゃくせい》をそそられたほどだ。

和哉とは、今ではほとんど身長も変わらない。そのわずか数センチの距離も、頼りない身体の薄さに紛れて、ときおりひどく小さな存在に見えてくる。

(やばいなあ)

頼ってほしい、大事にしたいと考える傍《かたわ》ら、身勝手な男としての欲もまた膨れ上がっていく。

今日のことにしたって、なんだかあのまま抱き締めても(和哉は驚きはするだろうが)拒《こば》んでくれそうもないのだ。

思わず漏れたため息は、くぐもった熱をはらんでいる。

「やべえよ……」

「なにがやばいって?」

「おわあっ!!」

ノックもないままにドアを開けられ、今では自分より頭半分低くなった兄の痩軀《そうく》を見つける。

悶々《もんもん》としていた瑛二は、兄の足音が自室の前で止まったのに気づかずにいたらしい。このところ狭く感じるようになったベッドの上に、跳ねるようにして身を起こした。

むっとした表情で瑛二は口を開く。

「いつも言ってるだろ、ノックくらいしろ」

「わりわり。それよっか、おい、和哉くん、どうかしたのかな」

瑛二の言葉を遮《さえぎ》った顔立ちに似合いのなめらかな響きのテノールは、おっとりした声音を裏切って端的で冷静な表情を作る。

「和哉が？」

「なんだかいま、すごい勢いで飛び出してってさ。美苑おばさんもあわくってて、なんか変だった」

「どういうこと」

ぼんやりとしたまま瑛二は問い返し、眉《まゆ》じりの跳ねた双眸《そうぼう》をきつく歪《ゆが》める。

このところ、花家《はなえ》のうちであまり家族間がうまくいっていない気配は察していても、和哉が何も話さないうちはと見過ごすようにしてきた。だから実際には、瑛二は和哉の周りに何が起きているのかを知るすべはない。

ただ、何かひどく逼迫《ひっぱく》した事態が起こったのだ、ということだけは感じられた。

甘やかに握り締めた指先が、急速に遠退《とおの》くような錯覚があって、ひどい焦りにも似た、嫌な気分にみまわれる。

「あのときと似てる。いやな感じがするな」

彰一がぽつりと漏らしたその言葉に、瑛二ははっとなる。

「なんだよそれ」

「いや、俺の気のせいかもしれないけどさ」

冷静な兄のどこか苛立《いらだ》ったような口調に、彼の言う「あのとき」とは、かつて和哉が行方《ゆくえ》をくらました幼い日のことだと悟った。

「和哉くん、おとなしいけど神経細いだろう、気になって」

急に鳩尾《みぞおち》の辺《あた》りに冷たいものを流し込まれたような感覚が、若い身体を緊張させる。

「——わかった」

「え、わかったって……おい、瑛二!?」

険しい表情で立ち上がり、瑛二は兄の側《そば》を擦《す》り抜け、階段を駆け下りた。

五年前、和哉を見つけたのは彰一だった。まだいくらか彰一よりも小さかった和哉を、よろめきながらそれでも背中におぶって兄は戻ってきた。

そのことがひどく瑛二には悔しかった。

神経が細いことも、我慢しすぎてふっつりと壊れてしまいそうなところも、誰よりも見守ってきた自分だったのにと、理不尽な怒りさえも覚えた。

焦る指を叱咤《しった》しながら靴を履き、玄関を飛び出すと、立ちすくむ美苑と目があった。

「……瑛二くん」

しんなりと細い姿はやはり和哉によく似ていて、しかし傍らに立つ見慣れない男に肩をささえられた美苑に、うっすらとではあるが経緯が知れた。

美苑が、我が子よりも男のほうにどうしても入れ揚げてしまう性質なのは、口さがない近所の噂《うわさ》で嫌というほど知ってはいた。

下世話な言葉で和哉を揶揄《やゆ》する連中には、憤懣《ふんまん》やる方ないものを覚えてもいた。女である前に、和哉の母であることを、目の前の女性はうっかりと失念してしまうのだろう。

それは仕方がないのかもしれない、とも、正直思う。

だが、こんなふうにそれを目《ま》のあたりにして、「美苑は美苑」と許せるほどには、まだ若い瑛二は熟《こな》れてはいないのだ。

不意に温度が上がって、やり場のない苛立ちが爆発しそうになる。

(あんたはそんなふうに、いつでも誰かがいるんだな)

淋《さび》しい人なのだと、知ってはいる。しかし、その心弱さのせいで、どれほど和哉が嫌な目に遭《あ》ったのか、知っているのだろうか、彼女は。

頼るべき存在があまりにも弱く、何かにさえすがることのできないあの淋しさを、堪え続ける健気《けなげ》な和哉を、わかっているのだろうか。

(そんなんなら、俺が和哉をもらっていいよな⁉)

感情のままに吐き捨ててしまいそうで、瑛二はうつむいたまま愛用のスポーツシューズで地面を蹴った。

「和哉、どっちに行ったんですか」

圧《お》し殺したような瑛二の声に、美苑はびくりとして、震える指で方向を示す。

「あっちに……」

「連れてきます」

慇懃《いんぎん》に言いきるなり、美苑のほうを一瞥《いちべつ》もしないままに瑛二は駆け出した。

ぐん、と張りつめた筋肉に力を乗せて、呼吸の方法を切り替える。痺《しび》れたように熱くなった頭の芯《しん》に、不愉快なシグナルが点滅する。


(和哉の馬鹿野郎が！)

逃げ場にさえなれないのか。

そんなにも頼りないのか。

何をすら言わず飛び出した先に、なぜ自分を選んではくれないのだ。

ときおり見つける、放心したような目の色が恐《こわ》かった。どこか違う次元に心を飛ばしているような和哉は、存在すらも薄く溶けて、本当に消えてしまいそうだった。

その先にある世界は、あらゆる意味で健康な瑛二にはわからない。

ひとつはっきりしているのは、自分は決してそちらに引きずられないことと、和哉を行かせてはいけないこと、そして、瑛二にはおそらくそれができるという確信だけだった。

指が触れただけで、あんなにも頬を染めた和哉は、たしかに自分だけを見つめていた。困ったり、諫《いさ》めるために瑛二を怒ったりする彼は、人間的で美しいと思う。

あの鮮やかで熱い感情を捨て去って、一体どこへ行くつもりだ。

長く強靭《きょうじん》な瑛二の脚は大きなストライドで地面を蹴りつける。彰一と話した時間はごくわずかで、和哉が家を飛び出してからもそうたってはいないはずなのに、彼の姿はまだ見えない。

意外と足が速かったんだな、とこんなときに考える自分が少しおかしかった。

(ちゃんと、いろよ)

勘でしかなかったが、おそらくはあの公園に和哉は行っているはずだった。

(俺が行くんだから、そこにいろよな)

あれから一度だけ、瑛二はひとりでその場所に行ったことがある。やたらに広く、外周一キロもの広さの公園には人影もまばらで、きれいな情景とは裏腹に、もの淋しい感じを覚えた。

あんなだだっ広い場所でひとりで泣いていたのかと、たまらなく切なくなったのを覚えている。

子供の足では一時間かかった道程《みちのり》も、今の瑛二にとっては到達するに容易《たやす》い距離である。

それなのに、走るその先の途方もないような遠さを感じて、精神的な焦りから息のあがった口元を歪めた。

(連れ戻して、やるから)

怒鳴りつけてでも、目をさましてやる。

(俺のところに帰ってこい)

乾く唇を舐《な》めると、滲《にじ》んだ汗の味がする。

入り組んだ道をためらいなく進み、公園まであと百メートル、というところで。

少し先を行く和哉の真っ白なシャツ姿はひどく、はかなげだった。

＊　＊　＊

あとから迫ってくる足音に気づきもせず、ぼんやりと歩みを緩めた和哉は、華奢《きゃしゃ》な首を反らせて、朧《おぼろ》に霞《かす》むグレーがかった月を見ていた。

性懲《しょうこ》りもなく、子供のときと同じ泣き場所に無意識に足を向けてしまう自分に向けて自《じ》嘲《ちょう》気味に笑う。

母に詰め寄られ、頭が真っ白になってしまった。ふと気づけばまたこうしてひとりで夜の公園にいる。さすがに学習能力はあったのか、靴は履いていたものの、家を飛び出るならせめて財布を持ってくればよかったなどとぼんやりと思う。

これではどこにも行けない、と思い立ち、和哉はふと気がついた。

たとえば、どこかへ行けるとして、自分は。

どこへ行けばいいのだろう。

感情はすでに冷えてこごり、冷たい血液が逆流するような気分の悪さに包まれるままだ。周りの空気がひどく薄くなっていた。聞こえるのは風が木立を揺らす音ばかりで、だから和哉は、背後に近づいた強い気配にも、不意に腕を摑《つか》まれてさえしばらくは気づけなかった。

――おい。

誰かが自分を呼んでいるような気はしたが、意識と身体が結びつかないままだった。低い、まるでうなるような声が耳元をかすめても、惰性で動く足は止まらない。

――和哉。

右の二の腕がふわりと熱くなった。

引き止められる強い力に、がくんと身体が揺れる。そこまで来てようやく、和哉はのろのろと顔を巡らせた。

焦点の合わないままの瞳を、ぼんやりとその人影に這《は》わせる。

「――和哉っ！」

両肩を摑まれ強引に身体ごと振り向かされると、そこには、黒く力をたたえた双眸があった。

きりきりと眉を引き絞る痛ましげな表情で、射貫《いぬ》くように和哉を見つめている。

「俺だよ、わかんねーのかよっ、和哉っ！」

「え、と」

舌足らずな子供のような声しか出ない。一体なぜ彼がここにいるのか、これが現実なのかさえ、まったくわからない。

「汗、どうしたの」

彼の短く整えたこめかみの生え際の辺りから、流れ落ちる汗の量に驚く。

「走ったんだっ！　て、めえがっ……」

肩を上下させ荒い息を整えながら、絞り出すような声で彼は言った。

「追いかけても、見つかんねえからっ、必死になって俺ァ走ったんだよ、このバカヤローッ!!」

「……え」

困惑する和哉の前で、声を荒げた男は溢《あふ》れ出す激情のまま口早にまくし立てる。

「ボケんじゃねぇよッ！　どうしたもねえ！　こっちが聞きてえよ！　なんだってんだよ！

なんでいつも俺になんにも言わねえで!!」

怒鳴りつけるうちにあがった息が絡んだのか、派手に噎《む》せ込んで言葉を切った。鋭角的に整った目元を歪め、浅黒い精悍《せいかん》な顔立ちを子供のようにしかめている。

タンクトップから伸びる腕は強く和哉の肩を掴んだまま、その力を見せつけるように若い筋肉のうねりを肌に浮かび上がらせている。汗ばんだかたいそれは和哉の細い身体など、簡単に砕いてしまうように見えた。

「……瑛ちゃん?」

逃がさないとでも言いたげに、肩に食い込む指が締めつけてくる。子供の頃と同じ呼びかけでそろそろと、細い指先で彼の肩に触れると、和哉より少し低い体温と、張りつめた、焼けた肌特有のなめらかな感触があった。

「ホントに、瑛ちゃん?」

「俺だって、言ってんだろッ」

「なんでここにいるの」

自分でも不思議に思うほど、感情の含まれない声が出た。瑛二はまるで泣きそうな表情をして、そんな和哉の顔を広い手のひらで挟み込む。

しっかりと食いしばったきれいな歯並びがのぞいたあと、大きく息を吸い込み彼は思いきり怒鳴った。

「追っかけてきたからに決まってんだろうっ！　分かってんのか、おまえだ！　おまえを追っかけてきたんだよっ、俺は！」

「……え」

だんだんと、声が近くなってくる。瑛二に触れられた頰《ほお》から、ゆっくりと凍っていた身体が溶け出していくようだった。

「ど、どうしたの」

もう何年も、互いの身体にこんなふうに触れることのなかったことに気づき、和哉はぎこちなく身動《みじろ》いだ。

「どうしたのじゃねえよ、このバカ！　わけが聞きてえのはこっちなんだよバカ！　ふざけんなこのバカ！」

苛立ったように、まるで子供のように、瑛二はそんな和哉を怒鳴りつける。

「ご……ごめん」

おろおろと謝罪を口にすると、瑛二は大きく息を吸い込んだ。歪んだ口元がひくついて、また怒鳴られるのかと身構えた和哉の耳に届いたのは、

「謝ってんじゃねえよ、この——ばかやろう」

それは優しい——ため息のような囁《ささや》きだった。

同じ高さの肩に、瑛二の汗ばんだ額を押しつけられて和哉はどうしていいのかわからなくなる。

「母さんから、なにか聞いた？」

瑛二は黙ったまま首を横に振った。かたい髪の先が動作に連れてこすれ、くすぐったかった。

「じゃ、どうして、ここだって？」

まだ荒い、瑛二の呼吸が和哉の白くやわらかい首筋をかすめる。そのことで、唐突に二人の身体の距離のなさに気づいて、和哉はうろたえた。

「……瑛ちゃん？」

身動いだ和哉を、駄々をこねる子供のようにしがみついた瑛二は離さない。

まるで抱きすくめるように、身体を長い腕で囲われる。

瑛二の汗ばんだ、だが不快ではない体臭と肌の熱に包まれてくらくらとしながら、血の昇った頬を逸《そ》らすのが和哉にできるささやかな抵抗だった。

「兄貴が」

「えっ？」

掠《かす》れた声で、和哉の肩先から顔を上げないまま瑛二は呟《つぶや》くように言った。

「お前が飛び出てったから、なんか様子が変だって……それだけ」

きっとここだと思った、と独り言のように呟き、瑛二はのろのろと顔を上げた。

「なんでかな。あいつはお前のこと見つけるのが早いんだ。昔からだ。俺はいっつも出遅れるのに」

そう呟いて、瑛二はひどく悔しげに唇を歪める。でも、と和哉は言った。

「でも、嬉《うれ》しいよ」

至近距離で見つめる瑛二の顔が、不機嫌にしかめられている。

「なにが」

昔と同じその表情に、知らず笑みを浮かべた。

「何もわかんなくても、来てくれたんだ？」

「体動かすしか、能がねえんだよ」

そうして皮肉っぽく笑う。知らない顔だ、と和哉は思いながら、その表情さえ見惚《みと》れてしまう。

そしてやはり、諦《あきら》めきれないと思う。触れられているだけでじんわりと痺《しび》れるような快さは、きっと他の誰にも与えられないものだ。

ふっと、短い息を瑛二はついた。植え込みの脇のブロックを顎《あご》で指し、座るように促す。

「何があったのか、話せよな？」

いくぶんか軽くなった口調で、けれど瞳は裏切るように強いままだ。

「和哉？」

「わかってる」

気圧《けお》されるように、少しふらつく足どりで瑛二の勧めるまま彼の眼前に腰かける。向かい合った瑛二は視線を合わせるように腰を屈《かが》めた。

瑛二を、こうして見上げる目線というのは目新しく、頼りない表情を浮かべる自分には気づかぬまま、重い口を開く。

「今度、うちの母さん再婚するんだ」

真っすぐに見据える視線を外せないまま、誤魔化すように曖昧《あいまい》な笑みを浮かべる。

「いい人みたいだよ、うん。それでよかったなって、思ったんだ。……本当なんだけど、それは」

短気な彼にはめずらしく瑛二は相槌《あいづち》も打たず、ただじっと和哉を見ていた。瞳に促され、言葉を続ける。

「で、なんか、もともと東京の人らしくって、今度そっちに戻ることが、決まった、って」

声が徐々に震えはじめるのがわかって、言葉を区切りながら殊更《ことさら》にゆっくりと話す和哉の口元を、瑛二は凝視している。

「それで？」

黙りこくっていた瑛二がようやく紡いだ言葉は、どこか冷たい響きだった。ひやりとしたものを感じながら、耐えきれずにうつむくと、和哉は小声で呟く。

「それで、引っ越すことになるらしい」

「おまえもか？」

答えない和哉に、ますます冷えて鋭くなった声の問いかけが突きささる。

「うん」

わずかに頷《うなず》きながら消え入りそうな声で呟くと、瑛二のいらえは返ってこなかった。

頭が冷えてくれば、馬鹿馬鹿しいことだなあと思う。まったくの親子喧嘩にすぎず、自分がこうして拗《す》ねてみたところで、問題はなんの打開点を見つけることもできはしないのだ。

「だからちょっと、むっとしただけだよ。それだけ。……ガキみたいで、ホント馬鹿みたいだよね」

言葉を切り笑ってみせても、瑛二は表情を変えることはなかった。先ほどよりさらに厳しいものを含んだ瑛二の目が恐くなる。

もう夜半になろうとする時刻に、わけもわからず走り回らされ、その真相はこんなことかと、彼がひどく不愉快になったのではと思い、和哉は慌てた。

「あの、だから、ごめん」

強《こわ》ばった男らしい顔を、窺《うかが》うように上目に和哉はのぞき込む。

「ゴメン、なんか心配かけたみたいでさ、彰一さんにも謝っといて」

言いかけた和哉の二の腕を、唐突に瑛二は摑んだ。きりきりと締めつける指の強さに、和哉は戸惑う。

「あ、の……」

「それだけ？」

「え？」

「それだけか、って聞いてんだよ」

睨《にら》むような表情にやはり怒らせてしまったのかと胸が苦しくなりながら、和哉はただ頷いた。

かっと目を見開いた瑛二は、突き放すように細い腕を振り払った。びくん、と和哉の身体がすくみ、怯えた色の瞳に映ったのは、だがどこか傷ついたような瑛二の表情だった。

「なにがそれだけなんだよ」

うなるような声だった。

「いいのかよ、おまえそれで」

責める口調に、「仕方がないから」と乾いた声で答える。

ガン、と強い音がして、和哉は身をさらにすくませた。

和哉の腰かけた植え込みのブロックを、その強い足で瑛二が蹴りつけた。睨み下ろしてくる瑛二がひどく恐ろしく、思わず後じさると、そのまま上体を屈めて顔を近づけてくる。

「ホントに仕方ないと思ってるんならなんでおまえはここにいんだよっ！」

「瑛……」

青ざめた顔で見上げる先の瑛二の表情は、公園の明かりが逆光となって読み取れない。

「それだけだなんて、言うなよっ！　それとも俺に言っても仕方ないってことか!?」

激昂《げっこう》している瑛二の言葉に、和哉ははっとなった。

「違う！」

そんなつもりで言ったのではなかった。ただもうこれ以上、瑛二を巻き込みたくはなかっただけなのに。

「そんなこと、思ってない！　俺は、ただ」

思わず伸ばした腕をまたきつく払われ、弾《はじ》けた指先が痛みを訴える。怒気荒く、瑛二はそのままがなり立てた。

「ただ、なんだよ！　本当になんともねえなら、なんでさっきあんなにおかしかったんだよ!?」

「あれは……」

もどかしく口を開くが、うまく言葉にならない。自分でもわからないのだ。ただふっと、何もかも遠くなってしまう、あの異質な、だが奇妙に心地よい感覚のことは。

そんな和哉に焦《じ》れたように、言葉を待つこともせず瑛二は言い捨てた。

「俺はもう、嫌なんだよッ！」

言いざまもう一度、ガン、とブロックを蹴りつける。苛立ちをぶつけるように。

「もう嫌だよ、あんなんなっちまってるおまえ見んのは‼　冗談じゃねえよ！　ひとを心配させんのも大概にしろ！　やってらんねえよ‼」

強烈なその言葉に、和哉の表情が凍りつく。すうっと体温が下がる感覚に、腰から力が抜けていく。

「ご、め……んっ」

叩《たた》き落とされた指先を握り込み、うつむいてそれを見つめるまま紡いだ細い謝罪の声は、誤魔化しようがないほど震えていた。

「あ……」

その声の弱さに我に返ったように、瑛二は愕然《がくぜん》とした表情をする。そんな彼に、和哉は痛痛しいほどの微笑《ほほえ》みを浮かべた。

「ごめん、そんな、迷惑だったんだって知らなかったし」

「……かず」

目を合わせないまま、和哉は穏やかに言う。

「も……もう少し、落ち着いてから、帰るから……先に、戻っといて」

かたかたと震える指先を必死に握って押さえ込む。瑛二は言葉もなく和哉の前に立ちすくんでいる。

「頼むよ、もう、帰ってくれ……！」

普通に話すつもりだったのに、もう悲鳴のような声しか出ない。

けれど、それでもまだ立ち去る気配のない瑛二に、和哉は言い放つ。

「いやいや面倒見られても悲しいから！　これ以上嫌われてるって、いくら瑛二が違うって言ったって、……知ってるけどもう、知りたくないから！」

迫《せ》り上がってくる不愉快な熱に、細い喉《のど》を押さえながら悲鳴のような声は続く。

「もう俺なんにも考えたくないんだよ、もうぐちゃぐちゃ考えるの嫌なんだよ！　だからもう、やめるから！　どうせ放っておいたって俺は夏にはいなくなるよ！　それでいいだろう、もういいだろう、もう、放っておいてくれ!!」

なんでこんなことを言わなくてはいけないのか。震える唇から零《こぼ》れた息は荒く潤んでいるというのに、やはり涙は出ないままの両目を伏せて、手のひらで顔を覆った。

がんがんとこめかみが脈打つのが聞こえる。叫んだせいで頭がひどく痛かった。

もう何もかもに嫌気がさした。切りつけるような瑛二の言葉は、揺らいでいた和哉の心にとどめを刺し、不安定になっている感情はついに爆発してしまった。

なんのためにここにいることに拘《こだわ》ったのかさえわからなくなっていく。潰《つぶ》れそうになる胸を庇《かば》うように、身体をまるめて和哉は縮こまった。

瑛二は、そんな和哉をしばらく眺め下ろしていたが、やがてきびすを返すと、足早に立ち去っていった。


（もう、いいや）

これで完全に終わったのだ、とまるで他人事《ひとごと》のように考えた。

踏ん切りもつく。執着する対象を自分で切り離してしまった今、ここに残っている意味もないだろう。そう思いつつも、弛緩《しかん》し脱力した頼りない身体は動こうとはしなかった。

虚《うつ》ろな眼差《まなざ》しを、瑛二の去った路上に投げる。こんなふうに誰かに対して声を荒げるようなことなど、一度もしたことがなかったのに、と和哉は可笑《おか》しくなった。

（そういえば、約束ももう、反古《ほご》になるのかな）

感情が高ぶるとむしろ言葉が出なくなるたちの和哉には、高揚の去ったあとの虚脱感は馴《な》染《じ》みのない、居心地の悪いものだった。

子供のようにムキになって、けれどまだ十七歳という年齢は、その言葉の示す範疇《はんちゅう》ではないのだろうか。

涙の止まったあの頃から、誰も和哉が子供であることを許してはくれなかった。

我儘《わがまま》を言うこともなければはめを外してはしゃいだこともない。年老いた祖母と、少女のような母との間で、誰に言われるでもなく静かに大人びていくしかなかった。

瑛二が熱くなりやすいことも、少し言葉に配慮が足らないところも、知ってはいたのだけれど。

それでもこの今、責めるような言葉は聞きたくなかったのだ。

(これでいいんだ)

一体何がいいというのかわからなくても、習い性のようになってしまった言葉を胸のうちで繰り返す。後悔の予感に苦しくなった呼吸を、浅く息をついて誤魔化した。和哉は目を閉じ、ゆっくりと呼吸を繰り返しながらあの感覚がよみがえるのを待った。

まどろみのように遠い、閉じられた空間へと自分を運んでくれる風を、待っていた。


来るときには必死に走った道程を、どこか悄然《しょうぜん》とした足取りで瑛二は引き返していく。

(くそっ)

食いしばった歯の隙間《すきま》から、苛立ちは零れていく。和哉の叫びが耳の奥に残っていた。

——もう、放っておいてくれ!!

痛みをこらえるように、身体をまるめて。襟足からのぞいた首筋と薄い肉づきの背中は、もう誰にも傷つけられたくないと訴えるように震えていた。

一体自分は何をやっているんだ。

結局のところ瑛二が取った行動は、和哉をさらに追いつめただけにすぎない。

あんな顔をさせるつもりじゃなかった。あんなに、張り裂けそうな声で、すべてを拒絶するような言葉を言わせたくはなかったのに。

「なにやってんだよ、俺はっ」

腹立ちまぎれに、手近にあった塀を横手で激しく殴りつける。衝撃のあと、ざり、という擦過音《さっかおん》とともに、拳《こぶし》に血が滲《にじ》んだ。

手のひらに爪が食い込むほど強く握り込んだそこに痛みは感じない。

もっと違う、身体の奥の、臓腑《ぞうふ》が燃えてくすぶるような痛みが五感を支配していた。

この腕に摑んだ肩は、はかないほどの頼りなさを瑛二に教えた。少し力を込めたら潰れてしまいそうな心細い感触は、そのまま和哉のイメージにつながった。

見慣れた町並に、徐々に我が家へと近づいてきたのがわかる。漏れてくる家の明かりはどこかノスタルジックな感傷をともなって瑛二を照らす。

傷ついた自分の手のひらと、明かりのほうを交互に見つめ、瑛二はぴたりと足を止めた。

＊＊＊

和哉がいなくなったあの晩、早く寝るようにと言い置いて和哉を探すために家を空《あ》けた両親の言いつけを破り、瑛二は窓を開けて、じっと階下を眺め下ろしていた。

いつもならば眠りに入っているはずの時間はとうに過ぎ、家々の明かりもところどころしか点《とも》されていない。その光景はやけに淋しく、こんなふうに暗いなか、和哉はたったひとりでどうしているだろうと考えているうち、不意に涙が出そうになった。

「どこに、いるんだよ」

ぽつりと漏れた呟きは、不安な胸のうちを表すように頼りなかった。

想像しただけで、瑛二にさえこんなに恐ろしい夜の闇のなかに、泣き虫の和哉がいる。和哉はあんなに淋しがりで怖がりなのに。いつも泣いてばかりいるのに。今も知らないところで、瑛二の知らないどこかで、泣いているのだろうか。

(早く、帰ってこい……)

とっくに消えた隣室の兄の部屋の明かりがなんだか薄情に思えて、腹立たしいような悲しいような、そんな気持ちのまま、じっと考え込んでいた瑛二はいつのまにかうとうとと眠りについてしまった。

翌朝、瑛二が起きたときには彰一の姿はとうになく、だがそれはいつものことであったから別段気にすることもなく学校へ行った。

「坂本くん、お家から電話よ」

午後を回った頃、担任の先生に呼び出された瑛二は、大人ばかりの事務室に居心地の悪さを感じながら、保留されていた受話器を取った。電話は父からのものだった。

「父さん？ どうしたのさ」

『瑛二か⁉ そっちはちゃんと行ったんだな！』

「はあ？」

普段は冷静な父親が、引っ繰り返ったような声をあげているのにぎょっとする。

「なんだよ、どうかしたのか？ 会社なのか？」

『彰一が学校から連絡で、いやまた人探しかって騒いでな——え？ ああ、うんそう、いや……』

受話器の向こうで母の声がしたことから、意味不明なことを喋《しゃべ》る父が家にいるらしいことが知れる。

「父さん、ひょっとして、か——」

和哉と言いかけ、はっとなって口をつぐむ。出がけに、学校では内緒にしなさい、と言った母の言葉がよぎったのだ。

和哉の担任だけは知っているらしいが、こんなことが学校中に知れたら和哉の立場がまた悪くなるに決まっている。事務室には幾人かの児童がうろついていたこともあって、自然と瑛二の声は潜められた。

「見つかった？　まだなのか？」

瑛二が問いかけてもまだ母とごにょごにょ話していた父が言い負かされたように「わかった」と疲れた声で言うなり、母と交替した。

「母さん？　どうなってんの？」

苛立った口調の瑛二に母は一言、

『とにかく、帰っていらっしゃい。すぐによ』

有無《うむ》を言わさずそれだけ告げると、担任に電話を代われ、とまくし立てられ、受話器を渡した数分後に電話が切れた。

ここ、というときの坂本家では母の一言が絶対のものとなる。

「坂本くん、お爺《じい》さんが倒れたんだって？」

「え？　ええ、ああ、はい」

なんのことやら、ときょとんとした瑛二だったが、おそらく方便に母がついた嘘《うそ》だろうことは察して、余計なことは言わずに頷いた。

大変ね、早く帰りなさいという担任の言葉は耳を素通りし、頭のなかをクエスチョンマークでいっぱいにしながら、荷物をまとめた瑛二は飛ぶように走りながらの帰途についた。


帰りついた我が家は、いるはずのない人々で溢れていた。スーツのまま、困惑した表情の父、学ランのまま疲れきった顔で座っている兄、泣き腫《は》らした目の和哉の母親、美苑を宥めている母、そして。

「和哉！」

部屋の片隅で、壁にもたれ、ぐったりと手足を投げ出す幼なじみがいた。

「彰一が、見つけてくれたんだ」

疲れたような声の父親の呟きに、事態を理解する。取り澄ましたような兄はそ知らぬ顔で学校をサボり、和哉を探し出したものらしい。連絡を受けた父親は、直情な弟も同じ轍《てつ》を踏んでいるのではと危ぶんで、電話をかけてきたという次第だった。

和哉の祖母は心配のあまり寝込んでしまい、美苑は取り乱してどうにもならないため、瑛二の母親が親子ともども家に連れてきたらしい。

驚いた顔を向けた弟に、彰一はのろのろと聡明な顔立ちを向け、いつもと変わらない一瞥を投げただけだった。

少々皮肉屋でそっけない兄だが、実のところは年下の子供を大事にする、優しい性格なのも知っている。表立ってそういう感情を出すことが嫌いな彼は、だからこっそりと探索の手を広げてくれたのだろう。

だが、感謝してしかるべきその彰一に、何かとはわからない、強烈な悔しさがこみ上げる。和哉のことをこのなかの誰よりも知っているのは瑛二のはずなのに、自分だけが結局とり残されたままだったのだ。

(どうして!)

腹立たしさに癇癪《かんしゃく》を起こしそうになって、ランドセルを放り出し、駆け寄った彼の華奢な足先を見るなり、瑛二はぎょっとなる。

血塗《ちまみ》れの靴下がごみ箱からのぞき、昨日と同じ服装のままの和哉の足は、両方とも包帯でぐるぐるに巻かれている。

そっと窺った虚ろな表情の和哉の顔には、感情の色がなかった。遠くを見るような瞳で、窓の外をぼんやりと見つめている。

「あたしが……あたしが悪いのかしら」

静かな部屋のなか、美苑の泣き声がやけにうっとうしかった。

なんでおばさんは、和哉のほうに近寄らないんだろう。どうして誰も彼も和哉を見ていないんだろう。

部屋に流れる空気のよそよそしいようなぎこちなさに、急に胸が悪くなる。

子供なりの、だが精一杯の自制心で怒鳴り出したい自分を抑え、和哉の痩《や》せた腕をそっと握った。

「和哉、大丈夫？」

小さな声で聞いてみる。反応は遅く、声が届いてからしばらくして、ようやく和哉は瑛二を振り返った。

きれいに澄んだ琥珀《こはく》のような甘い茶色の瞳が、どんよりと濁って瑛二を映した。

その瞳の虚ろな輝きの鈍さに、瑛二の肌は粟立《あわだ》つ。震えそうになる自分を叱咤して、足は痛いか、ともう一度繰り返した。ゆっくりと和哉の大きな瞳が瞬《まばた》き、

「うん」

と、わずかな動作で頷く。

「怖くなかったか？」

昨夜《ゆうべ》感じた恐怖と疑問を、そのまま言葉に乗せると、まだ少しぼんやりとしながら和哉は首を横に振った。

「足、怪我したんだな」

「うん」

「痛いよな？」

言いながらなんだか鼻の奥がツンとなる。

大人たちは何も言わない。彰一はくたびれ果てたようにテーブルに突っ伏して眠っている。

目元を赤くした瑛二に、和哉はきれいな二重の瞳を大きく開いた。長い睫毛《まつげ》が震える。

「痛かったな？」

「……うん」

ぎゅっと腕を握り返される。すべすべで真っ白な頬には引っ掻《か》いたような傷があって、その細い、痛々しいほど白くきれいな指先に、赤黒い血のようなものがこびりついているのが見えた。

「痛い、よ」

ふわりと遠かった視線が、瑛二を映してすぐに潤んだ。

「痛いよう、瑛ちゃんっ……」

顔をくしゃくしゃにして泣き出した和哉に、瑛二はしがみついてしまう。

涙は堪えた。

和哉の身体は、細くて熱かった。

後ろでまた美苑が泣いていた。バカ野郎、と怒鳴りつけたいような気持ちになった。

泣かなきゃいけないのは和哉なんだ。だから俺だって我慢してるのに。

Everything
COMES
Waits

遣《や》る瀬なさに熱くなった身体で、それでもやっぱり我慢しきれずに、目尻から熱いものが零れていく。

「だいじょうぶだ、和哉。すぐに治る」

和哉は弱くて脆《もろ》くてきれいで、もう瑛二は抱き締めずにはいられなかった。

「すぐに痛くなくなるよ、大丈夫だ」

同じくらい美苑が弱いのだということは、そのときの瑛二には理解できるはずもなく、悔しさに胸を噛《か》まれ、二人の子供は抱き合ったまま泣きじゃくっていた。

＊　＊　＊

瑛二が声をかけるまで、和哉は何も反応がなかったのだとあとで聞いた。いっそ病院に連れて行こうかという話が出たところで、瑛二が帰ってきたらしい。

なぜかはわからないが、瑛二の言葉だけは和哉に届く。思い込みではなく、実際つい先ほども和哉の意識は消えかけていた。

そうして呼び戻しておいて、あんなふうに怒鳴りつけたのではどうしようもない。子供の頃のほうがまだましだった、と瑛二は荒くため息をつき、壁に背中をもたせかけた。

彷徨《さまよ》っていた視線が自分の顔を見つけたとき、和哉はひどく嬉しそうに笑ったのだ。探し続けた家の明かりをようやく見つけた、迷子のような表情で。

——瑛ちゃん……？

細くあどけないような響きの声で、名前を呼んだ。あの声も、あの瞳も甘い色合いも、あの瞬間は瑛二のものだった。

瑛二だけのものだった。

(いいのかよ、これで)

これでいいのか。

このままでいけばきっと、和哉は瑛二を拒んだまま、違う土地へと行ってしまうのだろう。

細い身体の奥にため込んだ涙は、解放されることのないまま。

丁寧《ていねい》に巻かれた包帯が、目蓋《まぶた》の裏に浮かぶ。あんなふうに何もかも、巻き込み包んで、痛みを隠して。

(だめだ)

ふ、と短い息をついて瑛二は身体を起こした。

苛立つ心を抑えるように、心臓の上を手のひらで押さえる。五年前のように、あとになって悔やむのはもう嫌だった。

（絶対だめだ）

許せない。離れていくことも、目の届かない場所へ行ってしまうのも、あの瞳が自分以外のものを映すことさえ。

和哉。

まだ、泣くことを瑛二は許してやってはいない。

（まだ、何も言ってない）

大事な言葉を、伝えてもいない。

険しく眇《すが》められていた瑛二の瞳が、ふと閉じる。高ぶった感情を宥めるように、深呼吸を繰り返す。

まだ間に合う。まだ間に合う。まだ間に合うのだ。

今なら。

和哉はまだあの場所にいる。

くるり、と今歩いてきた方向へと身体を返す。伏せていた瞳を上げた彼の表情は、穏やかに力強かった。

滑るように走り出した若い身体は、無駄のない動きでスピードを上げていく。

彰一はきっと、やきもきして待っているだろう。かつて自分が連れ戻した幼なじみを、弟が引き戻してくることを。

(これで手ぶらで帰った日にゃ、何言われっかわかんねえや)

口元が笑いに歪んだ。雑念が起こるほどには余裕が出たらしい。

(俺はだらしねえな)

気持ちばかりが先走って、いつでも失敗する。

(でも、行くから、いま)

あまり上手に、優しくできなかった。いつも泣かせて、ついには涙さえ許してやれなくなった。彼が傷ついているのを知りながら、自分を許す和哉に甘えていつでも子供だった。

苦笑に似たあの表情は、張りつめた糸が奏でる高く危うげな音のように、はかなげにきれいで、見つけるたびどこか胸が苦しかった。

やっと少しずつ、距離を埋めはじめて、まだほんの数日ばかりがたったくらいだ。

これからはもっと優しくしてやりたい。方法はわからないけれど、考えるから。

馬鹿だから間違えるけど、てんで頼りないけど、今度からは俺がいるから。

もう一度だけ許してくれ。

受け入れてくれとは言わないから、そこにいてくれ。

風景は風とともに流れ去り、足を踏みしめるごとに迷いの抜けてゆく感覚を覚えながら、祈るような瞳で、瑛二は前だけを見据えた。

＊
＊
＊

生温《なまぬる》い風が頬を撫《な》でていく。時間の感覚が狂っているのか、瑛二が去ってからまだほんの暫《しば》らくのような、気が狂うほど時が過ぎたような、どちらともつかないまま和哉はぼんやりと足元を眺めている。

ふと、薄暗い視界にさらに影が差し、のろのろと視線を上げる。その眼前にぬっと差し出されたのは、かたそうな指先に握られた缶ジュースだった。

目を見開いた和哉の前で、瑛二は不思議に穏やかな声で笑った。

「一本しか買えなかったんだよな。財布持ってくりゃよかった」

反応のない和哉の手を取って、冷えたそれを握らせる。

和哉の指はしなやかで骨が細く、長い。華奢な造りではあるが決して小さくはないそれを、幅広の手のひらはあっさりと包み込んだ。

ぽかん、とした表情で見上げる和哉に、瑛二は苦笑する。

風になぶられてくしゃくしゃになった甘い茶色の髪を、強い指で掻き混ぜるようにすると、そのまま和哉の横に腰かける。

「なんだよ、早く飲まねえと温《ぬる》くなるぞ」

両手で缶を握り締める和哉を軽くつついた。促されるまま、オレンジジュースのプルトップに指をかけるが、ほとんど反射的な運動のみで、和哉の頭はまだついていっていない。

都合のいい夢を見ているのか、とも考えた。

まずい方向へと逃避をはじめる悪癖がある自分を知るだけに、なんだかそれがいちばんもっともらしい現実のような気はした。

だが、痛いほどに凍《し》みる指先の冷たさと、わずかに触れた瑛二の身体のほのかな熱に、徐徐に閉じていた時間は動き、引き戻される。

黙りこくったまま薄い唇を缶に押し当てた和哉を横目で眺めながら、瑛二はさらりと和哉に言う。

「俺、おまえがいなくなんの、やだな」

こくり、と和哉の喉の音だけがやけに響く。

「そう言いたかったんだけど、さっき。なんか途中で興奮してわけわかんなくなっちまった」

本当は帰ろうと思ったけど、と瑛二はため息混じりに言う。

「結構、家の近くまでは行ったんだけど……なんかそれじゃまずい気がしてさ。第一、俺が怒る筋のことじゃないもんな」

悪かったよ、と頭を掻きながら告げる瑛二を、和哉は知らない生きものでも眺めるような目で見ていた。

どうしてこんなにもあっさりと、許してしまえるのだろう。感情が負の方向に働くとなかなか切り替えられない自分とのあまりの違いに、しばし茫然《ぼうぜん》となった。

羨《うらや》ましいとも、思う。

「おい、ちゃんと聞いてる？」

「——てる」

ようやく、かすかにだが返事を返した和哉に安堵《あんど》の息をつくと、「ひとくち」と手の中の缶を奪う。

「帰ったと思った？」

へへ、と悪戯《いたずら》っぽく笑った瑛二に、ためらいがちの怯《おび》えた視線を向ける。

「だって、俺……怒鳴ったり、したし」

「あー。あれな。びっくりした」

「ごめ……」

別に怒ってねえよ、と愉快そうに笑う瑛二がわからず、とりあえず謝罪の言葉を口に出そうとした和哉は、ひょいと顔を近づけてきた彼に驚いて言葉を切る。

「お前ホントに俺に帰ってほしい？」

笑いの滲む目元とは違い、ふざけた色のない、真剣な口調だった。

「……いないほうがいいか？　ひとりで考えたいか？」

息のかかりそうな距離で、低く抑えた声が問いかけてくる。

和哉は、大きな瞳をしばたたかせ、暫らく逡巡《しゅんじゅん》したのち——首を、横に振った。

「そっか」

ひとくち、と言いつつ半分は飲みきったジュースを戻される。また両手で抱え込んで、けれど瑛二の飲みさしだと思うとどうにも意識してしまって口がつけられない。

「おまえ、行っちまうのか？」

やはりサラサラとした口調のまま、瑛二は前を向いたまま言った。

「それでいいのか？」

「仕方、ないじゃん」

「仕方ないはもういい。お前はどうなのか聞いてる」

いくぶんきつくなった口調で言われ、和哉はうつむいた。困ったように薄く微笑むと、強い指が頬と顎を捕らえ、少し強引に顔を瑛二のほうへと向けさせられる。

「あのな、俺もなんも考えずにここに戻ったんじゃないんだけど。……馬鹿なりに、色々、考えたんだけど」

のぞき込む瞳は咎《とが》めるような眼差しで、けれど声は優しかった。

「なんか、分かったんだ」

「なに」

瑛二の視線が痛くて、瞳だけを逸らせて逃がす。痛いんだけど、という抗議の声は無視された。

どこか痛ましげに、瑛二は顔を歪めて呟いた。

「おまえ、泣きたいときそういう顔して笑うんだ？」

ぎくり、と揺れた肩を、もう一方の腕が捕らえた。

「違うか？」

逃がさないというようにその腕は力強く、どうしていいかわからずに結局和哉が浮かべたのはあの曖昧な微笑みだった。

「聞くかなあ、そういうこと」

「俺のせいか？」

はぐらかそうとして身を捩《よじ》った和哉を、瑛二は逃がさずたたみかける。

「俺が昔あんなこと言ってから、おまえ泣かなくなっただろう」

「……ちがう」

「違わねえよ」

口調は詰問するようなものなのに、瑛二の指はひどく優しく頬を撫でた。

激しく、そうして穏やかに優しい部分もある。

瞳と声と、言葉と指先と、瑛二の印象は定まらずちぐはぐだ。それは彼自身がまだ過渡期の、不安定ななかにいるせいだろうけれど、もっと何か違うものを持て余しているようにも、和哉には思えた。

今日の夕刻、指をそっと握られたときと同じ混乱が胸に兆《きざ》す。

「違わねえよな？　俺のせいだな？」

そう言ってくれとまるで哀願するように、声は低く潜められる。真剣で熱っぽいそれは、恋をしている男のものだった。

友人や、幼なじみに対するものとは明らかに違う色合いをのぞかせた瑛二の指は、まるで愛撫のように和哉のなめらかな頰をくすぐった。

「わかんないよ、そんなの」

触れてくる指先の艶《つや》めいたような感触に耐えきれず、和哉はそれを振り払う。頰が熱くなって、平気なふりもできず少し乱暴にその腕から逃れた。

「変だよ、瑛二、なんか……変だよ」

変なのは自分だ、と思いもしたけれど、そんな言葉が口をついて出た。

瑛二の視線は危険だ。

こんなふうに見つめられるたび、頰を撫でられて、瞳をのぞき込まれているだけで、まるで裸にされてしまったような頼りなさと恥ずかしさとを覚え、そうしてなぜか、ひどく身体が熱くなった。

「おまえのせいだって言わせたがってるみたいだ」

吐息のように語尾が掠れて、たとえ一瞬でも、こんな状況でさえ感じてしまいそうになった肌に残る余韻を思い知らされる。

「そうだよ」

逃れるように立ち上がった和哉の前に、瑛二が立ちふさがる。

「おまえが泣くのも、怒るのも、笑うのも、全部俺のせいにしちまえよ」

わけはわからぬまま、理屈のない恐怖感にひるんだ身体を瑛二の逞《たくま》しい腕が捕らえた。引き寄せるように腕を引かれ、ぐらりと傾《かし》いだ身体は、そのまま広い胸元へと倒れ込んだ。

慌てて離れようとする和哉を、向かい合わせのまま瑛二は腕で縛《いまし》める。

「瑛二っ」

うろたえ、ますます頬に血が昇る。もがいても腕は解《ほど》けず、首筋に顔をうずめるようにした瑛二はそのままの体勢で囁きかけた。

「触るの、いやか」

彼が話すたび暖かい呼気がうなじをくすぐる。

声は潜められ、今日の夕方にも覚えた甘さを含んでいた。

「瑛、瑛ちゃ……」

弱い声で名前を呼んでも、瑛二の腕は絡みついたままだった。

「俺はずっと触りたかった」

その言葉に、和哉は硬直する。

意味するところが自分の捕らえたものと同じでいいのかわからず、まさか瑛二の口からそんな言葉が発せられるとは信じられなくて、ただ押し黙るしかなかった。

「さっき、おまえが喚《わめ》いたのだって、本当は俺、嬉しかったよ。あんなふうに八つ当りできるの、俺だけだろ？」

「瑛……」

「俺だけにしとけよ」

身長はまだわずかに瑛二のほうが低いはずで、それなのに体格の差からか、印象の強い目元のせいか、こうして抱きすくめられれば不思議なほどにあっさりと胸のなかに納まってしまう。

「俺、変なんだよ。もうずっと、変なんだ」

苦しげな声だった。

顔を見せまいとしているように、彼の手のひらは和哉の髪に差し入れられ、自分の肩口へと押しつけるようにしている。ひどく速い鼓動の音は、自分の耳元からだけでなく、その厚みのある肩のほど近くから聞こえることを、薄いシャツ越しに触れた胸元で和哉は感じた。

「おまえのこと傷つけるつもりないのに、そんなことしたくないのに、メチャクチャに泣かしたくなる」

「……瑛」

熱っぽい吐息混じりに囁かれた言葉は、和哉の身体に熱を送り込む。

「あんなふうに笑いながら我慢されると、余計ひどくなっちまう。だからもう」

腕の力を緩《ゆる》め、和哉の顔を上げさせる。同じ高さの視線が絡み合って、生真面目《きまじめ》な表情のまま瑛二は言った。

「おまえ、泣けよ」

唐突な言葉に、和哉は混乱し、戸惑う。

「そんなこと、言われても……」

うろうろと視線をさまよわせる和哉の頬を、瑛二は両手で包み込んだ。

「俺、まだおまえよか、背、低いけどさ。絶対でかくなるから。身体だけじゃなくて、もっと、いろんな意味でさ」

真剣な表情と声に、和哉はただ引き込まれるように見つめ返す。

「だからさ。もう、泣いちまえよ。我儘も言えよ。怒鳴ったって、怒ったっていいんだ。俺はずっといてやるから。予約いれちまえよ。おまえの場所だって」

身体が震えた。無意識に瑛二の胸元のシャツを摑んだ指先は、まるですがるように強さを増す。

頬をすり寄せるように、やわらかにそっと、だがためらいなく、瑛二は和哉を抱き締めた。肌を触れ合わせて嫌悪のない距離は、恋人のものだという。その近さの意味を、それでも確かめたくて、和哉は震える声でそっと尋ねた。

「なんで？」

ひどく恐かった。

包まれる甘やかな体温が、夢のように優しすぎて恐かった。迷いながら、細い腕は広い背中に怖《お》ず怖ずと触れる。

「瑛ちゃん、どうして？」

子供のように細い声音で、問いかける語尾はもう湿りを帯びている。

うなじから形のよい後頭部を包むように、瑛二は手のひらを添わせ、静かに強く、大事な言葉を告げた。

「好きなんだ」

キン、と鼻の奥が熱く、痛みを覚える。ゆらゆらと視界が揺らぎ、やがて、さあっと水の幕がすべてを取り巻いた。

「和哉が好きだ。フツーの、友達の意味じゃない。だから避けてた。ひどいこと言った。でもずっと、触りたかったんだ、こんなふうに」

空気が薄くなったようだ。息ができない。喘《あえ》ぐように唇を開くと、ひくりと喉が鳴った。

「行くなよ」

見開いていた目を、耐えきれずに閉じた。その瞬間、ぱたり、と音をたてて瑛二の肩口に雫《しずく》が落ちる。

「行きたくないって言えよ。……言ってくれよ」

五年ぶりの涙は、和哉から言葉を奪った。嗚咽《おえつ》を嚙みきれず、ときおりひどくひきつれた呼吸をする和哉の華奢な背中を、宥めるように瑛二はさすっている。

「行きたく、ない」

かなりの間を置いて、小さくそう言うと、瑛二は肩から力を抜くように大きくため息をする。

そしてもう一度、きつく和哉を抱き締め直した。

「瑛、えい、じっ……」

「うん」

「瑛二……！」

ほとんど言葉にはならないまま、苦しい息の下で好きだ、と告げた。

うん、と瑛二は繰り返す。

しがみつく和哉の身体を少し放して、止まらなくなった涙を暖かい手のひらで何度も拭《ぬぐ》った。

それでも流れるままの暖かい雫に、もう一度植え込みの側に和哉を座らせると、着ていたタンクトップの裾《すそ》の辺りで、くしゃくしゃになった顔を拭く。

五年分の涙はなかなか尽きることなく、タンクトップが濡れそぼる頃には瑛二は諦めたように和哉の頭を抱え込み、ときおりその髪や背中を撫でていた。


えずくほどになっていた和哉の呼吸がようやく治まりかけた頃、

「なんか、俺やっぱ、おまえの泣いた顔見ると、駄目だ」

ため息をつきながら、唐突に瑛二はぼそりと呟いた。

「……っえ？」

まだ余韻でしゃくり上げながらきょとんとする和哉に、ばつの悪そうな顔で瑛二は視線を外した。

「なんか、コーフンするみたい」

なんだか物凄《ものすご》いことを言われたようで、にわかには意味がわからずにぼんやりとしてしまう。

腫《は》れぼったい目元や、赤くなっているだろう鼻は熱を持ってひりひりと痛かった。

「すごい顔になってんじゃない？」

自分を指差して言うと、「まあな」と瑛二は苦笑する。

決まり悪げに視線を外したあと、真顔に戻り、乱れた和哉の髪を梳《す》くように生え際に指を差し込んだ。

「瑛二？」

「うん」

生返事を返す瑛二の和哉を見る目つきが、ひどく鋭くなる。

身体ごと後じさると、追いかけるように近づいてくる。なぜとはわからない危機感を覚えて、鼓動が跳ね上がった。

けれど逃げきれないままに、額が触れた。輪郭がぼやけるほどの至近距離で見つめあったまま、和哉は控えめに声をかける。

「顔、洗いたいんだけど」

ちらりと後方の水飲み場を視線で示すと、首をささえるように瑛二の手のひらが回される。

彼が何をするつもりなのかは明白で、まだ涙の残る目元がうっすらと染まった。

「あとにしろよ」

焦ってもがく和哉の身体を、瑛二は植え込みと自分の身体で挟み込み、逃げ場をなくす。

「でも、あの、あのさ」

首筋に刺さりそうな小枝を嫌うと、瑛二の胸に戻るしかなく、和哉は身体をかたくする。

「いや？」

ストレートに聞かれれば、答えるしかなくなる。

「やじゃ、ないけど」

消え入りそうな声で答えた和哉の耳は、薄い耳殻《じかく》までも赤くなっていた。熱くなったその薄い皮膚を思わず自分の手のひらで隠すように覆う。

その瞬間にできたわずかな隙を、瑛二は見逃さなかった。

「……和哉」

気恥ずかしいような甘い響きで囁かれた自分の名前が、吐息とともに耳に滑り込んだ。

骨の細い手首を捕らえられ、それでももがく和哉はバランスを崩し、腰かけていたブロックの上に半ば横たわるような体勢になる。

乗り上がるようにした瑛二の広い胸が、すべての抵抗をふさぐように細い身体を縛めた。

ゆっくりと耳元から移動してきた瑛二の顔は体温がわかるほどに側近く、高い鼻梁《びりょう》が触れたまま和哉の頬をスライドする。くすぐったさに身を捩ると、ふと零れたため息を、暖かい唇が包んだ。

ズキン、と指先に針で刺したような熱が走る。

乾いた心地よい感触は、だがすぐに湿り気を帯びる。物慣れない口づけのやり方だったけれど、和哉の全身は一瞬強ばる。緊張に引いた体熱はしかし、さあっと流れをかえた血液の気紛れで火がついたように熱くなった。

「……ふ」

触れ合うだけだった唇を瑛二がわずかに離すと、鼻に抜けるような吐息混じりの声が漏れる。

和哉の閉じた薄い目蓋はふわりと血の色を透かし、宵闇《よいやみ》にもそれとわかるほど染まったまま、細かく痙攣《けいれん》していた。

「あ……」

その声に、たまらなくなったように瑛二は覆いかぶさってくる。

背中に腕を回され、骨がきしむほどに抱きすくめられた。ぶつかるような口づけは強引で、いささか乱暴だったけれども、少しも嫌ではなかった。

「んん……っ」

まるでこじ開けるように、肉厚の舌先が薄い唇を侵そうとしたときも、だからためらいなく和哉は瑛二に許した。

歯が当たった。わずかな痛みのあと潜り込んでくる濡れた熱いものを噛んでしまいそうになり、和哉はくぐもった声をあげる。

「和哉……和哉、舌、出して」

強引さに怯えて縮こまってしまった濡れた肉を差し出せと、瑛二は囁く。

「頼む、逃げないで」

哀願のような、命令のような甘い声に逆らいきれず、そろそろと伸ばした舌先はすぐさま口腔《こうこう》に引きずり込まれた。

「ふぅ……ン」

喉声が漏れると、瑛二の腕が強くなる。縛められた身体が熱かった。これが快感なのかどうか分からず、むしろつらくなって瑛二の剝《む》き出しの腕に爪を立ててしまう。

「瑛、まっ……！」

息苦しさと興奮に乱れた呼吸が苦しく、解放を望んだ舌先はそのまま搦《から》め捕られる。思わず瑛二の胸を押し返そうとした和哉の指先は、弱々しく互いの胸の間で力をなくした。

「ん？」

かくん、と傾ぐ和哉の身体を訝《いぶか》るように、瑛二が声をあげる。痺れるような余韻を残して離れた唇は濡れそぼっていた。

貪《むさぼ》るように酸素を求める和哉の様子に、我に返ったように彼は焦った声を出した。

「あ、うわ、ごめっ……！」

浅い呼吸を繰り返す和哉は薄目を開けて、照れた瑛二が怒ったような表情で自分の唇を指先で拭うのを、ぼんやりと見ていた。

破裂しそうな心臓の音で、耳が遠いような気がする。薄く汗を掻いた額を、重い腕を上げてのろのろと和哉は拭った。

「大丈夫？」

「力、入んないよ」

ぐったりとした和哉が弱い声でそう呟くと、いたわるように身体を抱き起こしてくる。

「肺活量が違うんだから、手加減してよ」

笑いながらそう言うと、瑛二はいよいよ赤くなる。その胸にぱたりと倒れ込むと、瑛二は今までの強引さが嘘のように、怖ず怖ずと和哉の身体を抱き締めた。

「……あっ」

背中を滑った腕に反応してびくりとすくみ、上擦《うわず》った声をあげる和哉に、瑛二は飛び上がるようにして身体を離す。

「ばっ……へ、変な声、出すなよ！」

ずいぶんと強引だったくせに、彼は焦ったような声でそんなことを言った。

耳まで赤くなりながら口元を押さえ、けれど責任の一端を担《にな》う瑛二の無責任な発言に、恨みがましい視線を向ける。

「瑛二、その言い方、ないと思う」

本人もここまで濃厚になるとは思わなかったのか、瑛二はうなりながら困惑しきった顔を伏せる。

しばらく、二人とも、黙りこくったまま顔を見られずにいたのだが、やはりと言うか立ち直りは瑛二のほうが早かった。

甘ったるい濃厚な空気を振りきるように頭を掻きながら、瑛二は口を開いた。

「あのさ」

「うん？」

まだ上気した頰のまま和哉も顔を上げる。

「わかんないけど、諦めんの、やめような」

きっぱりとした声に、和哉は小さく微笑みながら頷く。

「うん」

「下宿するとか……とにかくさ。ここにいること、方法、なんかあると思うから。兄貴とか、親父《おやじ》にも聞いてみるから。俺も考えるから、……だからさ」

うん、と優しい胸に額をつけて、和哉は答えた。

「今度、なんかあったら俺のとこに来いよな」

「……うん」

ここにいるから、と囁く声は、瑛二の胸の中でそっと震えていた。

幸福でも胸が痛むことを初めて噛み締めながら、和哉は潤んだ瞳を閉じた。

＊　＊　＊

帰り着いた和哉の家では、赤い目をした美苑と、そして苦笑いのような表情を浮かべた伊《い》島《じま》の二人に出迎えられた。

坂本家の玄関先には彰一の姿もあり、それらの顔を見回した和哉はすっかり落ち着いた声で「迷惑かけてすみませんでした」と謝った。

心配げな瑛二と視線が合う。傍らの幼なじみに、和哉は静かに微笑んだ。

「だいじょうぶか」

低い声は、ゆったりと和哉を包んでいる。うん、と小さく頷いて、

「ちゃんと、話をしてくる」

ひそとした声音で、瑛二にだけ聞こえるように呟いた。その背中を押すように、力強い手のひらがそっと触れて離れる。

扉を閉める間際、彰一に促されるように家に入る瑛二を振り返った。

（ありがと）

大丈夫だよ、と胸の中で繰り返すそれは、和哉の中で擦りきれるほど使われてきた言葉だった。

その言葉にもう一度力をくれた彼は、背の低い兄に小突かれるようにドアへと消える。子供扱いされているのが奇妙に可笑しく、声は出さずに少し笑った。

まだ子供でいいのだろう。自分も、瑛二も。

焦りの消えた表情で、これからの少しばかり面倒な会話をやり過ごすために、和哉は表情を引き締めた。

祖母はもう床についたらしく、疲れたような様子の美苑と伊島だけが、居間に座っていた。

時計は午前一時を回ろうという時刻まで、伊島も待っていてくれたらしかった。

苛ついた様子の美苑が口を開こうとするのを制し、人のよい顔立ちを厳しくして、鋭い声で和哉をたしなめた。

「未成年がこんな時間まで、家族に心配をかけてはいけないよ」

「はい、すみません」

「きみのお母さんや、お婆《ばあ》さんには結構なショックだったようだ。それはわかるね？」

ええ、と和哉は頷いた。

「もう、大人とは言わないが分別のつく年頃だろうから、考えて行動しないとね」

「はい。すみませんでした」

うん、と頷くと、伊島は表情を和《やわ》らげる。

彼の説教はそれだけで、どこにいたとは聞かず、また和哉の取った行動について彼がたしなめたのは「夜遅く出歩いたこと」、この一点についてのみだった。初対面の和哉の非礼を詰《なじ》ることもなく、これといって不愉快そうな様子もなかった。

彼なりに、若い感じやすい年頃の青年を理解しようと歩み寄っているのが和哉には感じ取れた。

距離の取り方がうまい人だ、と和哉は思った。それは不快ではなかった。今日はじめて会ったばかりの和哉に対して、彼が見せたのはわざとらしい愛情をこめた追従《ついしょう》でも、高圧的な態度でもなかった。年配の人間の、当たり前の注意ではあった。

だがそれは、なぜかひどく胸にしみるものがある。

和哉と伊島の間に静かな沈黙が流れるなかで、美苑の涙声が空気を乱した。

「どうしてあんな……っ」

細い身体を捩るように、美苑は泣き出した。

「伊島さんに謝りなさい！　こんなにご迷惑おかけして、あんたって子は……！」

こんな日だっていうのに、と泣き崩れる美苑を、ひどく冷静な目で和哉は見ていた。

もともと激情家で、自分の思うとおりにことが運ばないと癇癪を起こす節のある自分の母親に、思わずため息をつきたいような気分にもなった。

この人に自分を理解させることはきっと無理なのだろう。わかっていても認めたくはなかった事実を、そっくりと和哉は受け止める。痛みがないわけではなかったが、もうこれは仕方がないことなのだろう。

たしかに今夜は和哉のほうが悪かったと思う。

だが興奮状態にあるその美苑を、むしろ笑って伊島は諫《いさ》める。

「いや、いや……彼にも思うところはあるでしょう、美苑さん。何しろ急な話だったから。実際、わたしも戸惑っています」

ぐずぐずと鼻を鳴らす美苑の傍らで、和哉に笑ってみせる。

「わたしには子供がいない。だから、こういうときどうすればいいのか、正真面食らっていますよ。でもね、何も自慢じゃあないが、会社にいて、色々な若い人を育ててもきました。彼らはわたしみたいな小父《おじ》さん世代に比べればとても冗舌《じょうぜつ》だけれど」

言葉を切り、静かな瞳は和哉を見つめた。

「本音の部分は、とても臆病だ。それはきっと、皆そうなんじゃないですかねえ。本当のことを話すのが恥ずかしかったり――難しくて、うまくは言えなかったり」

和哉はそっと目を伏せる。心のなかで頷いてしまったことを、その動作は示していた。

「話をしよう、和哉くん」

伊島の声は淡々と穏やかで、優しく親しみがあった。生来が穏やかな人物なのだろう。川のせせらぎのようなさやかな、彼の声は好ましく、和哉の胸に静かにしみいった。

和哉はゆっくりと頷いていた。彼は少しほっとしたように相好《そうごう》を崩す。

「今夜はもう遅いから無理だけれど――きみも、お母さんも疲れているだろうからね。家族になろうと言ったけれど、無理にでもなろうなんて、ぼくは思っちゃあいない。ゆっくりと、その、変な話だが」

照れたように歯を見せて、少し悪戯に笑いながら、

「ちょっとばかり年寄の友達ができた、とでも思ってほしい」

気障《きざ》だったな、と伊島は顔を真っ赤にして笑った。

肉づきのいい頬はうっすらと汗ばみ、子供のような仕草で頭を搔いたのはやはり恥ずかしかったのだろう。

和哉は微笑ましさに思わず笑った。笑いながら、首を横に振る。

「無理かね、やっぱり」

顔を赤くしたまま、ちょっと弱い声で伊島が言うのに、和哉はさらに首を振ってみせる。

取り出したハンカチでせわしなく汗を拭うのが微笑ましくて、可笑しい。

「友達は、やっぱり、ちょっと」

「和哉！」

美苑のきりきりした声には取り合わず、笑いの余韻を残した声で和哉は言った。

「どれかっていえば、やっぱり……お父さん、て感じですか」

さらりと零れた声は、真摯《しんし》な響きを含んでいた。

吐息混じりの笑い声は明るく、一瞬虚をつかれたような頼りない表情だった伊島は、さらに顔を赤らめた。

「あ、そ、そうか、そうですか……そうか」

くしゃくしゃと頬を緩ませて、何度も頷いた。

「ああ、うん、いや、なんだか、嬉しいなあ」

おっとりと落ち着いている割には感激屋であるのか、子供のように喜びを隠そうともしない。

「伊島さんは、優しいですね」

いや、いやと手を振る伊島に、和哉はまた笑って、ふと真面目《まじめ》な表情になる。

「こんな大きいのがいきなり息子だとか言われて、嫌じゃなかったんですか」

「そんなことはないよ！」

ぽってりとした頬で、慌てたように伊島は言う。目線で制し、僕には父の記憶がありません、と和哉は続けた。

「だからたぶん、伊島さんみたいな人が父親なら、嬉しいと思います。それは本当です。でも」

少しうつむき、和哉は言葉を切る。

「やっぱりここに残りたいと思います。わがままなのはわかっていますが、できれば許してほしいと思います」

伊島と、美苑を交互に見て、和哉は頭を下げた。沈黙が訪れ、ひどく長く感じた間を破るように、静かな居間で大きなため息が聞こえる。

美苑だった。

「強情なんだから」

怒ったような口調には、どこか拗ねたような色合いが潜んでいたように和哉は感じた。

「いっつもそうよ。普段は素直なのに、こういうときはひとつも譲らないんだから……!」

唇を嚙んで、美苑は何かを堪えるような声で言った。

「ごめん、母さん」

「譲る気もないのに謝るんじゃありません！」

ぴしりと決めつけられ、首をすくめた和哉は、その言葉の意味するところを感じて、ゆっくりと顔を上げた。

「美苑さん」

苦笑混じりの伊島の声に、美苑は「仕方ないじゃない」と不貞腐《ふてくさ》れたように言った。

「頑固なのよ。あの人に似て」

「美苑さんにも似てますね」

肩を揺らせて伊島は笑った。知りません、と美苑は席を立つ。

「母さん」

お茶を淹《い》れる、と言い捨てて足を進めた美苑は、振り返らないままに言う。

「仕送り、期待しないでよね！」

そのまま、廊下へと消えていく。

「ありがとう……」

振り返った和哉の目に、頷いてみせる伊島の顔があった。

「細かいことは心配しなくたっていい。なんとでもなるんだから」

ねえ？　と彼は和哉の肩を軽く叩いて、また微笑んだ。黙ったまま和哉は頭を下げた。

伊島の肉厚の手のひらは暖かかった。

父親の手というものはこういうものだろうかと、ふと照れ臭くて、また嬉しいような不思議な気持ちになった。

遅くなったので泊まっていけば、という和哉と美苑の言葉を辞退して、伊島は帰っていった。

美苑はまだいささか複雑な心境でもあるのか、伊島を見送るなりお休みも言わずに寝室に引っ込む。その子供っぽさに呆《あき》れるような、むしろ微笑ましいようなものも感じる。

(母さんらしいよ)

こういう人なのだな、と改めて思って、ない物ねだりをやめさえすれば、さほど気にならないものだなとも感じた。

少なくとも今夜の美苑は、和哉の我儘を聞いてくれた。逆転していた親子関係が、ほんの少し覆されただけでも、進歩ではないだろうか。

離れて暮らすのは、案外自分たちにはいいのではないかとも思った。和哉という存在があるかぎり、美苑の甘え癖は直らないだろう。不安定な彼女をささえてやりたくて頑張ってきた面も、思えばたしかに自分のなかにはあったのだ。

顔立ちだけではなくきっと、美苑と自分は似ているのだろう。瑛二が安堵した瞬間、自分がひどい甘えたがりだということを和哉は図らずも自覚した。

似たもの同士で寄り添い合うのも、きっと悪くはないけれど、無理も歪《ひず》みも多かった。

だから、求めるべき場所へめざしていけばいいと思う。

(伊島さん、母をよろしく)

そして自分にも、瑛二がいる。

ゆっくりと吐息した和哉が自分も寝ようと部屋に行きかけたとき、祖母の部屋の襖《ふすま》がすらりと開いた。

「おばあちゃん？」

寝てなかったのか、と驚いた和哉が声をかけると、キュッと結んでいた唇を解いて、祖母はため息をついた。

「残るのかい？」

「……ん」

小さく、それでもしっかりと頷いた。和哉の顔を見上げる。

小柄な祖母は和哉の胸の下辺りまでしかない背丈で、そっと和哉は腰を屈める。彼女の、皺《しわ》深い顔に埋もれるような黒目がちの瞳は潤んでいた。

「心配かけて、ごめんね」

そっと告げると、無言のままかぶりを振る。

「ごめんねえ、かずや」

両手を擦《こす》り合わせるようにしながら、祖母は呟いた。何が、と優しく聞き返すと、

「おばあちゃんも、あんたのお母さんも、自分のことばっかりだったねえ」

「そんなこと、ないよ」

「伊島さん、いい人だけどねえ。あんたがどう思うのかなんて、うっかり」

それ以上は言えなくなってしまったようで、彼女はうつむいてしまう。

「好きにおやりなさい。あんたがつらいのは、おばあちゃんもつらいよ」

その身体を抱き締めるようにすると、痩せて筋ばった身体はひどく小さく、胸がつまるような思いになる。

「なんにもしてやれなくって、ごめんねえ」

「……おばあちゃん」

何度も、何度も、年老いた指は和哉の背を撫でた。

「あんたがなんにも言わないから、わかんなかった……ごめんねえ」

「いいんだよ、大丈夫。……もういいんだよ」

丸くなった背中をさすってやると、寝巻の袖口《そでぐち》でそっと目元を拭う。

「早く寝ないと、明日起きられないよ？　ね？」

微笑んでみせると、うんうん、と頷いて彼女は部屋に戻っていく。

チリチリと痛むような胸を、和哉はそっと押さえた。

あの小さな彼女に、背負ってもらった日もあった。忙しい母の代わりに、細々と世話をやいてくれた祖母とのほうが、むしろ離れることはつらかった。

自分よりも大きく優しかった存在が、老いて力弱くなっていく、そのことはいくばくかの不安を和哉の胸に落とす。

（ごめんね）

襖越し、胸のなかでもう一度繰り返して、和哉は目を伏せた。

（自分のことばっかりなのは、俺も同じだ。ごめんね）

ゆっくりと、そうして和哉はきびすを返した。静かな廊下が、ひどく胸に響いた。

＊　＊　＊

布団に横たわっても、眠気は少しも訪れなかった。

なんだか慌ただしい一日だった、と和哉はため息をつく。

色々なことがありすぎて、頭がまだ醒《さ》めている。考えなくてはいけないこともいくらもあるが、冴《さ》えすぎてむしろ何も浮かばない状態だった。

瑛二には明日話そう、と和哉は思う。母のこと、伊島のこと、祖母のこと、自分のこと、自分たちのこれからのこと。

（これから、か）

横たわったまま、瑛二の触れた唇をそっと指先で押さえ、顔を赤らめる。

和哉もまったく初めてとは言わないが、物慣れているとは言いがたい自分の受け止め方が、瑛二にはどう映ったか今さらになってひどく気になった。

女の子に比べて、瑛二の唇はやはり少しかたかった。和哉を抱き締めた腕は強くて、息苦しいほどの力で自分を拘束するものだった。

絡みついた舌の生々しい感触を思い出し、ふるりと背筋が震えた。

はじめて触れ合ったにしては少々激しすぎた口づけに、鼻白むような気分にもなる。

(……でも)

ひとつも嫌ではなかった。何をされてもきっとそうなのだろうと思う。そればかりではなく、きっと自分自身、あの熱を求めてもいるのだろう。

好きだ、と囁いた声のなかに潜むものを、決して自分は拒めない。

しつこく瑛二を好きだった割に、あまり具体的なことは考えていなかった。

だが、色々とはっきりさせてしまった互いの感情について、こういった方向に進む可能性というのも出てきたわけだ。

なんとなく、お互いの立場の違い、というものもおぼろげに見えはじめ、電気を消した部屋のなかで、ますます和哉は赤くなる。

何かするか、されるかという話になれば、自分が後者の側だろう。

(何かって……ちょ、ちょっと、なんだかなあ)

あからさまなほうへ想像が進みそうになって、夏だというのに頭から布団をかぶり、和哉はとにかく目をつぶり、何も考えるまいと決め込んだ。

現実も恋愛もややこしく、渦《うず》を巻いて夏の夜気のように細い身体を取り巻いている。

いずれにしろ、今夜は眠れそうになかった。

** 6 **

夾竹桃《きょうちくとう》が八重の花びらを誇らしげに開かせる頃、瑛二の斜向かいの家では引っ越しの準備で大わらわになっていた。

瑛二も夏休みとはいえ、八月の後半に行なわれる大会を控えますますハードになる練習に、連日引きずり回されている。盆を挟んだ五日間の休み以外は一日も部活休みのないような状況で、これだけ近くに住んでいながら和哉ともなかなか接触が取れない有様だった。

避けているときにはむしろばったりと遭遇する割合が多かったというのに、会いたいときに会えないという、皮肉な状況に思い悩む暇もないほど互いに忙しくなっていった。

高校生の倍は休みがあり、これといった用事もなく暇な大学生を地で行く彰一は、「俺は肉体労働には向かないのに」と零しながらも母親にうるさく言われ、渋々下準備を手伝っているのが、痩せた肩に貼った湿布薬の情けなさに表れていた。大笑いした瑛二はそのあと兄の嫌みに数日悩まされることとなる。

そうこうするうちに、いよいよ美苑らが東京へ向かう日がやってきた。

その日はちょうど瑛二の部活も休みに入り、これからの五日間をゆったりと過ごそうと決め込んだ次男坊は、世話焼きの母親の声に急《せ》かされ、休みの初日から朝の八時に叩き起こされた。

「いつまでも寝てないよ！　今日は花家さんとこ、お引っ越しなんだから！」

休みに入り、さらに真っ黒く、邪魔臭いほどでかくなった息子をベッドから放り出す。

「和哉くん、あんたの半分くらいしか幅がないのに荷物運んでんのよ。あんたが役に立つのはこんなときくらいしかないんだから、ちゃっちゃと働きなさい！」

和哉は今まで住んでいた家から彼の通う高校にほど近い、学生用のアパートへ移ることになった。

瑛二の父親からの紹介で、家賃が手頃な割に比較的きれいな造りである。築年数は相当なものらしいが、一昨年《おととし》に外装だけであるが大がかりな改築をしたとかで、ぱっと見には新築となんら変わりなかった。

その和哉の引っ越しがひとつ、そして花家の家から東京のマンションへ、さらに伊島が今まで住んでいた社宅からそちらへ、という合計三回分の引っ越しはやはり大変なものがあった。業者に依頼したものの細々としたところまで行き届こうはずもない。

そのなかで、和哉の引っ越しが比較的荷物が少なく、近場でもあることから、とりあえず荷物を運び込むくらいなら業者を頼むまでもないだろうと、レンタカーを借りて彰一が運転するから、そちらは和哉個人で別個に執り行なうということになった。

和哉の祖母は、嫁いでから長い間住み慣れた家からすっかり荷物が運び出されるのを見つめ、さすがに胸にくるものがあったようで、うっすらと涙ぐんでいる様子だった。

玄関の前には、CMでもお馴染みの引っ越し専門業者の派手なロゴが入った大型トラックと、和哉の荷物を運ぶためにレンタルしたバンが、運転手の彰一を乗せて停まっていた。

カーキ色の作業服を着た引っ越し屋のバイト連が走り回るなか、瑛二と和哉はバンへ詰める荷物を運びだしていく。伊島はてきぱきと業者に指示を出し、おっとりしたいかにも人のよさげな外見と裏腹に、仕事では手厳しい企業戦士の顔を垣間《かいま》見せていた。

美苑と瑛二の母、和哉の祖母の女手のほうは、荷物の去ったあとの部屋の掃除を手際よくこなしていく。

昼過ぎにはあらかたの作業が済み、和哉の荷物は少なかったこともあって、彰一と瑛二の手伝いですでにアパートへと荷物を下ろして戻ってきた。

あとは伊島を荷物ともども、引っ越し先の家へと運んでいくばかりとなった。美苑と祖母はこの日の夕方の便で飛行機での移動である。足腰の弱った祖母が、トラックでの移動には耐えかねるだろうとの配慮から、伊島が言い出したことだった。

引っ越しの挨拶《あいさつ》回りに駆け回る美苑をよそに、伊島は瑛二ら家族に深々と頭を下げた。

「色々とお世話になりまして。旦那さんにもよろしくお伝えください」

盆休み返上で会社に行った瑛二の父は、その場にはいなかった。お役に立てませんで、と型通りの挨拶が繰り広げられるなか、早くもばてた彰一は早々に家のなかに引っ込んでいった。

「和哉くんを、よろしくお願いします」

ようやく挨拶回りを終えた美苑が戻ってくる頃、トラックはエンジンをうならせる。

「遠くなりますが、彼はもう、僕の息子のつもりですので」

戸籍上は、まだ和哉は伊島の籍には入っていない。引っ越しや他の書類手続きの関係で、向こうにいってからひとまとめに済ませてしまうつもりだと美苑は言っていた。

結局、和哉の希望で、籍に入っても名字は「花家」のままで通すことに決まったらしい。伊島は異議を唱えはしなかったが、どこか淋しそうにも見えた、とあとになって和哉は言った。

「元気でやりなさい。たまには遊びにおいで」

そうして、自分よりも頭ひとつ大きな和哉に、にっこりと笑いかけた。

伊島は別れ際、和哉にこう呟いていた。

「君が、親離れする年頃なのが惜しかったなあ」

亡くなった前の奥さんとは子供がなかったけれど、彼は男の子がほしかったらしい。

和哉がもっと小さかったら、色々とやりたいことがあったのだという。

「他愛もないことなんだけどね」

肩車をして散歩をしたり、キャッチボールをしたり、そんな当たり前の父親らしいことがやってみたかった、と彼は笑った。

「でも、あと二、三年経《た》ったら、酒を付き合ってくれるというのもいいな。どうかな？」

楽しみです、と和哉も微笑み答えて、車に乗り込む彼を見送った。

＊　＊　＊

空港には来なくていいから、引っ越し荷物を片づけてしまいなさい、と美苑は言い置いて、夕刻近くにさっさと行ってしまった。

タクシーに乗る間際まで、祖母は和哉の手を離さずに何度も何度も孫の手のひらをさすって、「身体に気をつけて、ちゃんと食べなさいね」と繰り返す。

側についていた瑛二とその母親に、何度もお願いしますと告げて、二人は去っていった。

6月刊
毎月15日発売
《文庫化》
崎谷はるひ
[世界のすべてを包む恋]
ill.蓮川 愛●600円(本体価格571円)
神奈木 智
[あんたの愛を、俺にちょうだい]
ill.金ひかる●580円(本体価格552円)
椎崎 夕
[ぎこちない誘惑]
ill.陵クミコ ●600円(本体価格571円)
愁堂れな
[デュオ~君と奏でる愛の歌~]
ill.穂波ゆきね ●560円(本体価格533円)
李丘那岐
[きみの知らない恋物語]
ill.鈴倉 温 ●600円(本体価格571円)
榊 花月
[片思いドロップワート]
ill.三池ろむこ ●580円(本体価格552円)
安曇ひかる
[ドクターの恋文]
ill.山本小鉄子 ●600円(本体価格571円)
水上ルイ
[煌めくジュエリーデザイナー]
ill.円陣闇丸 ●560円(本体価格533円)
黒崎あつし
[憂える姫の恋のとまどい]
ill.テクノサマタ ●600円(本体価格571円)
ルチル文庫創刊7周年記念全サ実施!!
幻冬舎 ルチル文庫
2012年7月18日発売予定
予価各560円
(本体予価各533円)
和泉 桂[当世恋愛事情] ill.佐々成美
一穂ミチ[ステノグラフィカ] ill.青石ももこ
森田しほ[深海の太陽] ill.山本小鉄子
砂原糖子[Fuckin' your closet!!] ill.金ひかる《文庫化》
きたざわ尋子[優しくせめないで] ill.広乃香子《文庫化》
ひちわゆか[暗くなるまで待って] ill.如月弘鷹《文庫化》

輪るピングドラム
星野リリィ
アートワークス
6月29日
発売
キャラクター原案星野リリィの描いた
「輪るピングドラム」の世界を
すべて収録!
カバー描き下ろし&
描き下ろしショート漫画収録!
《書籍》●A4判●1995円(本体価格1900円)

37歳で医者になった僕
研修医純情物語(上)
脚本・古家和尚 原作・川渕圭一
作画・金田正太郎
話題ドラマの
完全コミカライズ
第一弾!!
6月8日
発売
バーズコミックス スペシャル
●B6判●693円(本体価格660円)

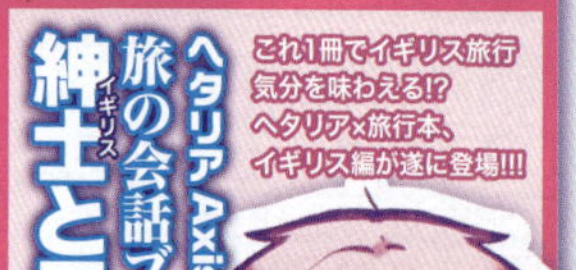
ヘタリア Axis Powers
旅の会話ブック イギリス編
紳士《イギリス》とティータイムを!
これ1冊でイギリス旅行
気分を味わえる!?
ヘタリア×旅行本、
イギリス編が遂に登場!!!
6月29日
発売
《書籍》●B6判
●1050円(本体価格1000円)

むかしのはなし
原作・三浦しをん　作画・西田 番
（幻冬舎文庫『むかしのはなし』より）
超ビッグ新連載
満を持して開始!
語り紡がれる言の葉が「いま」と「むかし」――点と点をつないでゆく。
表紙で登場!
comic スピカ (Spica) No.9
●書籍扱い
●A5判
●819円
(本体価格780円)
2012年6月28日(木)ごろ発売!!
いつもの本編に加え、大特集をカラーページでお届け!
KOBAN
石川ちか
いくえみ綾［トーチソング・エコロジー］／斎藤岬［アンバードロップス］《新連載》／村上真紀［キミのうなじに乾杯! R］／新井理恵［お母さんを僕にください］／ふみふみこ［そらいろのカニ］／船戸明里［Under the Rose～春の賛歌～］／秋吉風鈴［GOSENZO～雛森家の日常～］／小鳩まり［なめこ文學全集 なめこでわかる名作文学］／上地優歩［クラヴィコード］／記田あきの［逆男と正少女］《短期集中連載》
☆リレーエッセイ よしだもろへ

バーズコミックス ルチルコレクション
2012年6月23日発
イチゴジオグラフィック
無愛想な研究者・旭と
苺色の髪と瞳の苺の精・
ミツの恋の結末は?
そして澄とスキーナ、
主従契約を結んだ
二人の恋は?
●B6判●680円(本体価格648円)
吹山りこ
2
《完結》
ルチル文庫創刊7周年
記念全サ実施!!
きみの奏でる光
はみ
音楽室の幽霊・清二に恋した悠希。叶わぬ想いと知りつつ
清二が生前作った曲の譜面起こしを請け負うが?
フレッシュデビューコミック! ●B6判●680円(本体価格648円)

これが永《なが》の別れではないことを知っていても、こんな場面には誰しもが胸に堪えるものがある。

見送る和哉の瞳がわずかに潤んでいることに、瑛二は気づかぬふりでいることにした。

「さて、あんたたちは今夜中に向こうを片づけちゃいなさいね！」

「げえ⁉」

車が去るなり、腰に手を当てた母親が言うのに、瑛二は悲鳴をあげる。

「げえ、じゃないのよ！　こういうのは一息にやってしまうのがいいの！　和哉くん、これ使っていいから、そうしてしまいなさい。いつまでも段ボールのなかで寝てるなんてのはよくないんだから」

これ、と息子を指差す彼女に、「いいんですか？」と和哉は笑って答える。

「まじかよ和哉ーっ！」

わめく瑛二を、上目にちらりと見る。

「だめかな？」

だったら無理にとは言わないけど、と和哉は微笑んだ。うう、とうなって瑛二はつまる。

しかめ面《つら》の瑛二が可笑しかったのか、和哉は噴き出した。

「ひとりで大丈夫、なかで荷解《にほど》きするだけだし、そうたいした仕事でもないから。荷物少ないし」

「でも、和哉くん」

平気ですよ、と笑う和哉を心配そうに見たあと、いきなり顔を変えてぎろりと彼女は息子を睨んだ。

「な、なんだよ」

「あんたねえ、その無駄な図体をやっと役立てるときがきたってのに、なんにもしない気？」

地を這《は》うような母親の声に、正直、後押しされたようなものだ。

何も瑛二とて、手伝いがそれほど嫌だったわけではない。実のところ、和哉と二人という状況に、ちょっとばかり照れ臭い気がするだけだったのだ。

お膳《ぜん》立てが整って、瑛二は内心の浮かれた気分を隠すように、わざと嫌そうな声を出した。

「わかった！　わーかったって!!　行きます、喜んでな！」

その代わり小遣いよこせ、と手を差し出した息子に、ぽん、と五千円札が渡される。

「うわ、母さん太っ腹」

ヒュウ、口笛を吹くと、バカでかい息子の頭には届かないため、腹を小突かれる。

「いって！」

「あんただけじゃなくて、和哉くんの夕飯と引っ越し祝いよ！　ちゃんと出しなさいね」

そんな、と辞退しようとする和哉に、母親はひらひらと手を振った。

「これから大変なんだから。小母《おば》さんから景気づけ。しっかりやんなさいね」

口調を変えた、大人の顔を見せる瑛二の母に、和哉は静かに笑み返す。

「はい。ありがとうございます」

じゃあ行こう、と二人で連れ立って歩き出す。和哉の住む場所は、この近辺から歩いて十分ほどの場所にあった。

「クーラーだけはついてるから、暑くないよ。電話はまだつながってないけど」

「風呂は？　俺、一日やっててべとべとなんだわ」

言いながら頬を伝い落ちる汗を、瑛二は袖口でぐいと拭った。

「ごめんね」

ガスは昨日から通してるから、風呂には入れるよ、と和哉は苦笑した。

日が傾きかけたこの時刻には、風もいくぶん涼しくなる。汗ばんだ肌には心地よく、それでも十分暑かったのだが、並んで歩く二人の距離は近かった。


八月に入り、ついに瑛二は和哉の身長を追い越した。現在のところ、一八六センチきっかり。だがこの分では、まだまだ伸びそうである。

目標としていたものをクリアして、単純に瑛二は嬉しかったのだが、和哉は少々複雑な顔をした。

曰《いわ》く、「瑛二は俺より低いってのが意識に定着してたから、変な感じ」なのだそうだ。

そりゃないだろう、と瑛二は憤慨《ふんがい》して、和哉の気配を見逃した。

日を追って力強くなっていく瑛二の身体に、ほんの少し怯えたような、だがそれだけとは言いきれないものを含んだ和哉の表情も。

＊　＊　＊

「なんだ、こりゃ？」

部屋に入るなり、瑛二の第一声はそれだった。

和哉の部屋は学生および一人暮らし専用である割には充実しており、八畳と六畳の部屋がひとつずつあり、キッチンにトイレ、風呂もユニット式ではない。

荷物は玄関の脇の六畳の部屋にとにかく積み上げられて、運び込む最中は奥の部屋まで入らなかったのだが。

「なんだこの壁!?　ぼこぼこになってる」

「そうなんだよねえ」

和哉も苦笑する。

外観は改築したためきれいなものだったのだが、内装までは手を回していなかったらしい。それでもそこそこにはきれいなもので、ぼこぼこといっても、何も漆喰《しっくい》が剝《は》がれ落ちたり穴が開いているのではない。

「前に住んでた人が、強力接着剤で貼りつけてったらしいよ。直すには壁全部壊してから直さなきゃいけないらしくて、隣にはまだ人が住んでるから、できないんだって」

窓を開けながら、和哉は答える。

「それに工事費請求したらしいんだけど、その人、行方くらましちゃったらしい」

根性だよねえ、と和哉が呆れつつ語った、前の住人が壁一面に貼りつけた代物《しろもの》とは、卵のパックだった。ボール紙でできたグレーのそれが、びっしりと何十個もくっついているのである。

「こんなことしてなんになるんだ？」

顔をしかめた瑛二が言うと、「なんでも防音効果があるんだって」と荷物を解きながら和哉は答えた。

「真偽のほどはわからないけどね」

「ふうん？」

まだ首を傾げながら、音楽室の壁みたいなもんかな、と瑛二は呟いた。

「おまえが気にならないんなら、まあいいや。んで、これどこに置く？」

「あ、そのラックはここ。で、机は壁際にするから」

「おっけー」

雑談はさて置いて、本格的に片づけにはいる。

洗濯機や掃除機、テレビなどの家電も、伊島のほうと和哉のうちで重複するものはほとんど置いていってくれたため、買い直す手間が省け助かったが、やはり結構な荷物でもあった。

和哉の頭の中でほとんど家具の配置が予測されていたらしく、そう手際も悪くならず作業は進んでいく。

「悪いね、手伝わせちゃって」

「いや？　結構おもしれえわ、こーゆーの」

瑛二にしてみればこうした作業は文化祭のノリで、あまり苦痛でもなかった。何より昼間の炎天下での作業とは違い、クーラーのきいた室内である。

無駄口も叩かず、二人は山と積まれた荷物をてきぱきと片づけてゆく。

すべてのものを片づけ終えると、埃《ほこり》の立った部屋に掃除機をかけ、水回りをざっと洗って作業は終了した。

「終わり終わりー！」

「お疲れさんでしたー」

くたびれた身体で、どちらともなく妙にハイな笑いが起きる。

「うわー腹減った……げ、十時!?」

腕時計をなんの気なしにのぞき込み、瑛二が声をあげた。

「え、もうそんな時間？」

こちらも驚き、気づかなかった、ゴメンと謝る和哉に、

「いや、いーからなんか食いにいこうぜ？　開いてる店あるかな、でも」

「さすがに無理じゃない？　駅前にでも行かないと」

この辺り一帯は総じて店仕舞いが早い。

開いているのはせいぜいが飲み屋と寿司屋、コンビニが関の山で、このアパートから徒歩十五分ほどの瑛二らの高校から、さらに先の大通りまで行かなければ、深夜営業のファミリーレストランのたぐいにはありつけないのだ。

飲み屋は論外として、高校生男子二人の胃袋——おもに瑛二にキャパシティの問題があるのは無論のこと——を、寿司などという値の張るもので賄《まかな》った日には、どれだけのゼロの羅《ら》列《れつ》になるか知れたものではない。

所持金は五千円。和哉も幾らかは持っているのだろうが、今後の生活費を兼ねたそれを、無駄に使わせるわけにもいくまいと瑛二は思った。

「コンビニ、行くか」

なんでもいいよ、と和哉は苦笑する。

「でもほんとゴメン。早く気づけばよかったのにな」

「いーっていーって。それよっか早く行こうぜ。ついでに石けんとか買えばいーだろ？　メシ食って、風呂借りたら帰っから」

「う、ん」

履き古したバスケットシューズに足を通しながら瑛二が言うと、和哉はためらうように唇を幾度か動かし、言いかけた言葉を飲み込むような動作をした。

「どうした？」

「いや、うん、いいよ」

「なんだよ、気になるだろ」

ほら、と言葉を促すと、うつむきがちにした和哉はしばらく逡巡したあと、ようやく口を開いた。

そして。

「今日、泊まってかない？」

ようやく聞こえたひどく小さなその声は、瑛二の頭を白くした。

「は……？」

目を丸くして、瑛二は思わず惚《ほう》けた声を出した。その間の抜けたリアクションに、和哉は拗ねたような顔をする。

「そんな変な顔することないだろ。……だから、いいって言ったのに。いいよ、嫌なら」

焦ったような照れたような早口になる和哉に、まあまあ、と瑛二は手を振る。

「いや、そうじゃないけど」

嫌、というわけではもちろんない。だが、しかし。

（こいつ、わかって言ってるのか？）

幼なじみで、男同士ではあっても、一応気持ちも確かめ合っているわけだ。端的にいって、キスまでした仲であるし。

だが、夏休み前からこっち、和哉とはすれ違いざまの会話をするのが関の山だった。つまりもちろん、関係の発展などというものが訪れるどころか、あの夜の濃厚な空気はもしかすると都合のいい夢ではないだろうかと言うほどに、二人の間には進展がない。

ごくごく久しぶりに逢《あ》ったところで和哉の顔さえゆっくり眺められないような狂乱の引っ越し騒ぎだ。おまけに腹がすいたのなんのと生活感漂うこの状況は、色っぽさからはほど遠く、ムードもへったくれもない。

それにこれはイメージの問題だけれども、どうも和哉はそっち方面には欲求が薄いような気がする。潔癖とかストイックというのではなく、なんとなく、しようとしまいとどっちでもいい、というような雰囲気が、この幼なじみにはあるのだ。

造作があまりにも整っているせいで、余計に感じるのかもしれない。

対して自分はといえば、あの初めてキスをした夜からこっち、まるで煩悩《ぼんのう》の塊《かたまり》のようなんである。そのキスにしても、相当がっついていて、思い出すたびに赤面することしきりだったのだ。

突っ走りやすい自分を知っているだけに、接触の少なさはつらくもあり、また頭を冷やすにはよかったのだとも言える。

幸いなことに一点集中型なので、何か身体を動かすなりのことをしていれば取り紛れてくれるが、一度そっちに思考が向かえば、これはもうまずいことになる。

久方ぶりの和哉はやはり、そこにいるだけで瑛二の胸を騒がせた。

夏場の薄いTシャツからのぞく、やわらかそうな、日に焼けない肌にうっすら汗を掻いている和哉を視界からは必死に追い出し、この部屋に入ってからはとくに、和哉と二人きりということを意識しないように、しないようにと努めてきた瑛二は、揺り返しで煮つまりそうになる自分に呆れることで、なんとか理性を保った。

(深読みするとこっちがバカ見そうだしなあ)

期待すんじゃないよ、と自分に突っ込みを入れつつ、一応、なんで？　と聞いてみると、和哉は顔を赤くする。

（……え）

一瞬期待を持った心臓はドキリとするが、続けられた和哉の次の言葉に、瑛二の淡い幻想はもろくも砕けた。

「今まで、完全に夜に一人ってことなかったから、ちょっと……淋しい気がしたんだよ、それだけ！」

「あ、ああ……」

これじゃ子供みたいだ、とぶつぶつ言う和哉は、肩を落とした瑛二の内心の深いため息には気づこうはずもない。

（別にがっついてるわけじゃないんだけどさ）

もう少しばかり、意識してくれてもいいのではないかとも思うのだが。

和哉のなかでは自分は、「幼なじみの瑛ちゃん」から、まだどうにも卒業しきれないようだ。

それも仕方がないか、と内心の苦さを噛み締めつつ、瑛二は苦笑した。

一足飛びに焦らなくても、時間はまだまだあるのだから。これからゆっくり、進めていけばいいと思う。

それはもちろん、ほんの少し、いやかなり、つらくもあったけれど。

「ま、行こうぜ」

家には連絡入れるから。そう告げると、和哉の顔がぱっと明るくなる。

「いいの？」

無邪気に笑う和哉の顔が、可愛らしいような恨めしいような。

「いーよ。とにかく、腹減った」

だがその表情が見られるのならば、内側の葛藤《かっとう》を押しやってもたいしたリスクでもないと思う。

焦ることはないと何度も自分に言い聞かせ、笑ってみせた表情は悪い出来ではなかった。

＊　＊　＊

歯ブラシや替えの下着やらの「お泊まりセット」をプラスチックの籠《かご》に入れ、目についた食料品をつぎつぎと放り込むと、和哉は呆れたような顔をした。

「どんな胃袋してれば、こんなに食べられるわけ……」

「おまえが食わなすぎんだろ？　うちの兄貴だってこれくらいいけるぜ」

弟の瑛二よりひと回り小柄な彰一は、細さの点では和哉とどっこいである。あのスレンダーな姿からは想像もつかないと、和哉は呆れつつ感心した。

「彰一さん、顔がいい分燃費悪いのかなあ」

「なんだそりゃ。あ、レシートいらないっス」

まだぶつぶつ言う和哉を尻目に、会計を済ませた瑛二は三袋に分かれた荷物のひとつを差し出した。

「……ビール？」

のぞき込んだ和哉が咎めるように上目に見上げてくるのに、瑛二はにやりと笑って返す。

「ちっとだけ、な」

こんなふうな、何気ない会話がひどく楽しい。それは大事にしなければいけないものだと思う。

屈託なく笑う笑顔を大切にしたい反面、抑えきれない疼《うず》きのように迫り上がるものは、夏の夜の熱気のように瑛二を取り巻いて、ひどく息苦しい気分にさせた。

コンビニから数分の距離を歩いただけで、肌はじっとりと汗ばんでいる。

角部屋にあたる和哉の部屋は日中には日差しをまともに浴びるため、ひどく暑くなりそうだと瑛二は思った。

「暑いっ！」

へばりつくシャツを摘《つま》んで空気を入れながら、瑛二は床面設置型のクーラーの前に陣取る。

「食べる前に風呂入っちゃう？　どうする？」

ジュースを冷蔵庫に突っ込みながら和哉が尋ねる。

部屋を出る前に湯を張っておいたので、すぐにでも汗は流せる状態だった。クーラーの前から動きたくなかった瑛二は、和哉に先に入るように促す。

「じゃ、お先にね」

「おう」

短いやりとりからしばらくたって水音が聞こえはじめると、瑛二は背後の気配にひどく気《き》忙《ぜわ》しくなっている自分を感じた。

コンビニの脇の公衆電話で家に電話を入れたとき、あっさりと母親は外泊を許した。

そこで帰ってこいと言ってくれれば和哉への言い訳もたったのだが、こんなときには、放任主義の親をほんの少し恨みたくなる。

――泊まるのはいいけど、和哉くんに迷惑かけないのよ。

釘を刺した母親は、息子がどんな「迷惑」をかけてしまうのかなどと、これっぽっちも考えてはいないだろう。

「自信ねえよ、母さん……」

小さくうめいて頭を抱え込む。

送風口に額をくっつけ、少しでも頭を冷やそうと目論《もくろ》む瑛二は、ぱたりと閉まったドアの音に身をすくませる。

「あがったよ。入っちゃえば？」

「あ、ああ、うん」

明るい声音にぎこちなく答え、和哉が出してくれたTシャツとスウェットを抱え込み、そそくさと脇を擦り抜ける。

風呂上がりの和哉などという心臓に悪いものを、見ないように考えないように努めていた瑛二は、その細い身体の傍らを擦り抜けたときに、ふわりと漂った甘い香りに気づいて泣きそうな気分になる。

まだ暖かな肌のぬくみを感じさせるような湯上がりの和哉の匂いは、それだけで十分に瑛二の健全すぎる身体には毒だった。

(勘弁してくれ)

風呂場のドアを閉めたとたん、立ち籠《こ》める湯気に和哉の残り香が残っていそうな気がした。

それだけでものぼせあがりそうな頭を振って、これ以上余計なイマジネーションを招かないよう、頭から冷たいシャワーを浴びる。

遣る瀬ないようなため息は、強い水圧にかき消されて流れ落ちる水滴とともに排水溝へと消えていった。

＊　＊　＊

遅い夕飯を済ませ、隣り合って座ったまま眺めるテレビからは、にぎにぎしい笑い声が聞こえている。

和哉は真夏だというのに長袖の黒のパジャマを着込んでいた。

露出が少ないのはありがたかったのだが、標準より背丈の高い彼の着る衣服はサイズの関係で布地がゆったりとたわみ、頼りなげな身体のラインを強調する結果となっている。

くつろげた襟元から、ふとした拍子に胸元がのぞく。胸に悪いような乳白色の肌は、闇色の布地のせいで余計に際立ち、コントラストのきわどさが、口のなかをいっそう苦くした。

片膝《かたひざ》を立てている体勢で和哉のズボンの裾《すそ》が上がり、そこにのぞいたきれいなくるぶしと長いすねには、特別手入れをしているのでもなさそうだが、むさくるしい体毛などは影さえも見えない。

（ちくしょ……）

画面に集中しようとしても、傍らの気配にひどく敏感になった身体が反応を鈍くして、深夜のお笑い番組を瑛二は難しい顔で眺めていた。

「——ってさ、瑛二。……瑛二？」

「ん？　あ、ああ」

和哉に何か話しかけられても、自分のなかのもやもやした気持ちで手いっぱいの瑛二は、その対象である彼に生返事を返すのが関の山で、まともに顔を向けることも、笑いかけることさえできなくなっていた。

そんな瑛二を、和哉は気遣わしげにちらりと横目で眺め、疲れたのか、と尋ねてきた。

「眠いんじゃない？　そろそろ布団敷こうか？」

「え、あ……うん、そうだな」

重労働のあとで、さすがに若い身体も疲労を感じている。だというのに頭は変なふうに冴えるばかりで、眠気は一向に訪れなかった。

小部屋の押し入れから、今日二人で詰め込んだ客用の布団を引っ張り出す。

「あ、ここでいいよ」

和哉がそれを自分のベッドの隣へ運ぼうとするのを、瑛二は止めた。

「なんで？」

きょとん、として尋ねてくる和哉に少しイライラと瑛二は答える。

「いや、だって面倒だし、このままでいいよ」

「面倒って、隣の部屋なのに？」

「いや、狭いし」

「布団敷くスペースくらいは残ってるよ？」

苦しい言い訳は、訝しげな表情の和哉に一蹴《いっしゅう》される。瑛二は深々とため息をついた。

「瑛二、なんか怒ってる？」

困ったような不安げな声がそう尋ねてくる。

「怒ってない」

どこまでもピントのずれた和哉に答える気力も失《う》せ、自分でやるから、と布団を抱え込んだ。

（やってらんねえよ）

抱えた布団に埋めるように、瑛二はまたため息する。

和哉は黙ったまま瑛二の後ろ姿を見ている。間の悪い沈黙が続くなか、瑛二は黙々と寝床づくりに勤《いそ》しんだ。

シーツを広げ、掛け布団代わりのタオルケットを手に取ったところで、鈍い音とともに何かが瑛二の頭を直撃する。

「おわっ！」

後頭部に感じた衝撃に瑛二は声をあげ、前のめりに布団に突っ伏した。

「おまえ、ガキみたいなことすんなよ！」

ぶつけられた枕を摘みながら体勢を立て直そうと振り返ると、じっと睨む和哉の視線にぶつかった。

「ばか！」

視線に怯《ひる》んだ瑛二が言葉につまると、和哉は目元を怒りに染めて、掠れた声で言い放つ。

「な、なんだよ」

その剣幕にたじろぐと、まだ布団に転がったままの瑛二の上にのしかかるように和哉が身体を倒した。

「お、いっ！」

慌ててもがいても、しっかりとしがみついて離れまいとする。

「な、ちょっと、離せって！」

そう言っても和哉はただ黙ってかぶりを振るばかりで、身体全部を預けてくる彼の感触にうっかりと気を取られそうになる。

洗いたての髪の匂いや、襟元にちらつく白い肌が気になって、そんな瑛二の抵抗ははなはだ心許《こころもと》なく、埒《らち》が明かない。

結局はそのやわらかい体温に負けて、無駄な抵抗を放棄するとそろそろと腕のなかの身体を抱き締めた。

「和哉？」

困り果てた声で名前を呼べば、細い腕はいっそう力をこめて瑛二の身体に巻きついた。

「どうしたんだ、おまえ」

「こっちが聞きたいよ」

胸元に顔を埋めた和哉はくぐもった声で答える。シャツ越しに感じる唇の動きがくすぐったく、それだけではない反応を示しそうな身体の正直さに舌打ちして、居心地悪く瑛二は身動いだ。

「……いやだ」

身体をずらした瑛二から離されまいと、和哉は子供のようにすがりついてくる。

「なんで、俺のこと見ないんだよ」

小さな、泣きそうな声で問いかけられても瑛二は答えられない。

「久しぶりに逢ったのに、急に不機嫌になるし……なんで？　俺、なんか気に障《さわ》ること、した？」

「違うよ」

緩く身体に回しただけの腕が不満だというように、和哉は伸びやかな肢体をすり寄せてきた。

空調のきいた部屋で、少し冷えた肌の温度と、和哉の髪の匂いがさらに伝わってくる。

シャンプーの香料に混じった和哉の体臭に、瑛二はもう、ぐらぐらになる。

「おまえのせいじゃないよ。俺が、やばいんだよ、もう——まずいから、退《ど》いてくれ、和哉」

自分でも情けない上擦った声で早口に言うと、

「やだ」

頬をぴったりと寄せて、和哉はにべもなく言った。

小刻みにその身体が震えていることと、視界の端に映る和哉の耳がひどく赤いことに、ようやく瑛二は気がついた。

「俺、そんなに鈍くないからね」

その台詞《せりふ》に、瑛二は身体の力が抜けるのを感じる。

「瑛二が帰りたがってるのも、それがなんでなのかも、たぶん、見当ついてる」

肘《ひじ》をついて和哉ごと身体を起こし、顔をのぞき込む。

抜けるように白い頬は見事なほどに赤くなって、初々《ういうい》しいような、奇妙に色っぽいような、そんな不思議な顔を見つけた。

瑛二の目を真っすぐには見ないまま早口に、和哉は言う。

「でも、あからさまにわかってるって顔なんか、できないじゃないか」

言いざま、肩口に火照《ほて》った顔を押しつけてくる。

(あああ)

瑛二は心のなかで嘆息する。

結局。

自分の態度はバレバレだったということだ。

そして、やはり和哉のほうがうわてだということだろうか。

「俺、だせいなあ」

苦笑混じりの声に、和哉は上目に睨み上げてくる。怒って吊り上がった眦《まなじり》はやはり、光をはらむ量が多くてきれいだった。

「ほんとだよ」

「スイマセン」

ふざけた声で言い、腕のなかに納まりのいい身体を抱き締め直すと、拗ねたような声が耳元に届く。

「人のこと無視してさっさと布団敷きはじめるし」

「邪魔したじゃねえか、おまえ」

枕もぶつけたし、と軽口を叩くと、いっそうむくれた顔になる。

開き直った瑛二は、我慢などというのは無理だったなあと変にしみじみした気分になる。

そしてその尖《とが》った唇の先をかすめるように、不意打ちで口づけた。

「ぐずるわりに、手は早いね」

口は減らないが、さらに赤くなった顔では迫力にかける。なんだか急に余裕がなくなって、少し強引に口づけた。和哉は逆らわない。

「あのまま寝たら殴ろうかと思った」

次第に濃厚になっていくキスの合間で、溶けそうな声が囁いた。

「待ってたみたいに聞こえるぞ」

茶化そうとした瑛二は真剣な瞳にぶつかって、ひどく切なく疼く胸の痛みを感じた。

「そうだよ」

和哉の声は震えていた。

「もう、待ちたくない……」

予感に濡れる瞳と、ゆっくりと動いた唇と。

すべてが瑛二を誘うように蠢《うごめ》いて、もう何も考えられずに敷きのべた布団の上へと、和哉を抱き締めてもつれ込んだ。

＊　＊　＊

明かりさえ落とさないまま、騒がしいテレビの音に紛れて喘《あえ》ぐ和哉の声だけを拾い上げ、唇に含む。

「ンッ……」

膨らみのない薄い胸を、布越しにそろりと撫でただけで、和哉は濡れたような声を出した。

背中を駆け上がるやみくもな興奮を堪えて、震えてもどかしい指先でボタンを外す。

はだけた胸はなめらかな色合いで、あまり筋肉のつかない和哉の身体はどこか中性的なやわらかな手触りがした。

「あっ」

広げた手のひらを心臓の上に押し当てると、速い鼓動が伝わってくる。

キスを解いた濡れた唇で、目に痛い象牙《ぞうげ》色のなか、そこだけが違う色をした小さな隆起を挟み込むと、堪らなくなったように身体を捩る。

「いや……痛い……っ」

色の違う肌をきつく吸うと、そう言って涙を滲ませた。宥めるように背中を撫でると、それさえもつらそうに首を振る。

苦しげな声がひどく不安で、ぎくりとする。だが、さっきよりも浅くなった和哉の呼吸と瞳の色が、それが嫌悪からでないことを教えてくれた。

焦るな、と自分に言い聞かせながらも、触れる指が強くなる。

緊張して、背中が変に痛む気がした。

胸のあちこちに唇で触れ、体側を包むように撫で上げると、ぴくりと身体が跳ねる。細いウエストは、瑛二の手のひらで包めそうなほどだった。

「……ん」

剝き出しになった肩に口づけながら、肘に絡まったパジャマの上着を剝ぎ取る。和哉の腕が瑛二のTシャツをたくし上げ、それに助けられるまま瑛二も服を脱いだ。

「あの、自分で、する」

腰の辺りのゴムに手をかけると、和哉はためらいがちな声でそう告げる。潤んだ目元にどぎまぎしながら、瑛二は黙って頷いた。

「やっぱり、電気、消して」

「あ、うん」

待ちの体勢に入る瑛二が恥ずかしかったのか、脱ぐのを見られたくないのか、和哉はそんなことを言った。

間が持たなかった瑛二はいったん起き上がり、壁のスイッチをオフにする。

消し忘れたテレビの華やかな色と窓の外の常夜灯からカーテン越しに漏れてくる光で、室内は不思議な色を溶かした水のなかのような空間に変化した。

鈍く光る真っ白な魚のような和哉が、脱ぎ終わった服を布団の脇に寄せて、頼りなげな視線で瑛二を見つめている。

（恐いのかな）

急ぎすぎていないかな、とためらっていた気持ちも、触れていたい欲望の前には霧散する。

肉の薄い肩先は見て取れるほどに震えていて、ここで自分がためらえば、和哉はいっそう怯えてしまうだろうと、瑛二は覚悟を決めた。

なんだか勢いのようにお膳立てが整ってしまったが、本当は、結構色々考えてもいたのだ。

派手な顔の割に和哉は奥手そうだったし、バスケまみれの自分にしたところで世馴《よな》れているとは言いがたい。だから時間に任せて、ゆっくり進んでいこうかな、とか。

また正直、初めて同士でうまくいくもんかな、という危惧《きぐ》もないではない。

瑛二は恥ずかしい話だが、和哉とのことを意識して以来、セックスのハウトゥー本もこっそり読んでみたりもした。

情報が溢れ、モラルの乱れている現代の性風俗のおかげで、面白おかしく聞きかじった知識を、実践のために再確認したりしていたのだ。

しかし何しろいきなりのことで下準備もなく、この部屋には当然ながら、避妊用のゴムもなければローションのたぐいもない。数時間前に広げてあった荷物のなかに、そんなものは見当たりはしなかった（そんなものがあったらあったで、和哉という人間がわからなくなりそうだったから、瑛二はほっとしてもいたのだが）。

ろくな用意もないままでは傷つけてしまうだろう。情けないが先ほど電気を消す際に、救急箱のなかにあった刺激性のないクリームを使うことにした。

これからすることは、あまり褒められたことではないのかもしれない。不自然なのかも、間違っているのかもしれない。

それでも、たぶん、自分たちには必要なことなのだろうと思う。

「大丈夫？」

すがるように見上げてくる瞳を真っすぐ見つめながら、総動員した理性で、できるだけ優しくしようと考えた。

だが、和哉の腕が腰に回って、直《じか》に触れた白い肌の吸いつくような感触に身震いした瞬間、そんな余裕は消えていってしまう。

「瑛……」

和哉の身体を組み伏すと、耳元で、まだ何もしていないのに泣き出しそうに小さな声が聞こえた。

「んっ」

息苦しい濃密な空気から逃れるように、唇で互いの息を貪《むさぼ》る。少し前に唇で触れて、和哉が痛いといった箇所を、濡れた舌でちらりと舐める。

「う……」

びくり、と跳ねた腰をぴったりと寄せると、高ぶっている部分に触れた。

「あ、や、やだっ……！」

腰を押しつけながら、反応の鋭い場所を選んで唇を寄せる。もがくようにした和哉の抵抗は弱く、触れるたびにひくひくと細い腰が反応する。

胸の突起をきつく吸い上げても、今度は痛いとは言わず、細い息を漏らして首筋を仰のける。

和哉はひどく感じやすくなっているようで、やわらかい耳たぶをそろりと口に含んだだけで泣き出しそうな表情をした。

「も、瑛……っ」

普段では絶対に聞けない上擦った声音にぞくぞくする。

なめらかな脚の内側を撫で上げると、きつくしがみついてくる。

「や、だ！」

形のよいしなやかな脚が震えて、幾度開いても瑛二の手のひらを挟み込むように閉じようとする。強引に身体を割り込ませ、仰《の》け反った喉元に口づけた。

「あ……！」

脚の付け根にある熱を強く握り込むと、肩をすくめるようにびくりと震えた。噛み締めた唇は薄暗いなかでもはっきりと赤く、吐息に濡れてぬめるような光沢を見せつける。

「んんっ」

吸い寄せられるように口づけて、手にした和哉の熱をあおり立てる。もう片方の指先は、左胸の上で硬さを見せた小さな粒をいじり、ときおりは唇に含んで口当たりのよい感触を堪能する。

触れるたび、口づけるたびに、和哉はつらさを堪える表情で息を飲む。

(可愛い)

荒く湿った吐息が肌の上を滑り、そのたびに和哉が震えるさまが愛《いと》しい。

触れても口づけてもすべてが足りなくて、瑛二の愛撫は執拗《しつよう》なほど濃厚になっていく。

「あ、あっ、や、あ」

切れ切れに和哉が喘いで、むずかる子供のように首を振った。

「なあ、和哉、さ」

「な、に……？」

瑛二の腰を挟むようにすり上がった脚は、堪えきれない感覚を表してシーツに皺を作る。

「感じる？　ちゃんと気持ちいい？」

決して意地悪なつもりではなく、気になって尋ねた言葉は和哉の顔に朱を刷いた。

「ばっ……！」

殴ろうとする腕を捕らえ、耳朶《じだ》を舐め上げながらもう一度尋ねると、潤んだ瞳を一瞬開いて睨むような素振りを見せる。

「ふ、うっ」

けれど、濡れはじめたセックスの先端を指先に突かれて、がくりと揺れながらまた甘い茶色の瞳は閉じてしまう。肩にすがった指が白くなるほど強ばり、和哉の震えはひどくなった。

「こっち向けよ」

瑛二の胸に顔を隠すようにした和哉の顎を捕らえる。薄い汗の噴き出した細い肩を震わせながら、怯えたような目が瑛二を見上げた。

淡い色のやわらかな髪の毛は汗に濡れて、同じ色の瞳もまた薄闇のなかで潤んで揺らめいている。

ごくり、と喉がなる。

暴力的なほどの興奮を飲み下して背中から手を回し、そのままゆっくりと這っていく指先は、肉の薄い身体のなかで唯一やわらかなカーヴを描いた部分に辿《たど》り着く。

「ひぁ……」

作為をこめた指先がそろそろと撫で上げていく感触に、和哉はつめていた息を吐き出した。

華奢な身体は想像していたよりもずっとやわらかくて、瑛二の硬い指先が触れるたびに、小刻みに震えてはその甘い感触を伝えてくる。

「ちから、抜いて」

言葉と同時に、指先が和哉の身体のいちばん深い部分に触れた。強ばったような表情のま

ま、和哉は頷く。

自然には濡れない部位に、先ほど用意したクリームを塗りつける。ひと通りの知識だけはあるものの、実際的な経験のない瑛二には、それがどういう感覚を和哉に与えているのか、いまひとつわからない。

まだ入り口に差しかかっただけでびくりとすくみ上がった和哉に、そっと囁くように尋ねた。

「痛い？」

「いたくない」

ごく小さな、消え入りそうな声がそう答えたことに安堵し、抵抗の強い圧迫感のなか、身体を暴いていく。

「ひ……ぅ」

反応を確かめるためにじっと見つめる、和哉のきれいに整った眉がひそめられる。

「和哉？」

心臓が破裂しそうで、耳鳴りがするほど血が滾《たぎ》っている。余裕も何もなく突っ走りそうな身体を懸命に抑えて、できるかぎりやさしく触れているつもりなのだが、やはり駄目なのだろうか。

「我慢できない？」

そっと触れているだけの和哉のセックスは、確かにまだ感じていることを伝えてくる。けれどその表情はつらそうで、このまま進めていいのかどうか不安になる。

それを感じたのか、和哉の指が、緊張と興奮のための汗で濡れた瑛二の肌の上を滑っていく。もがくように幾度か空を掻いたそれを捕らえて、しがみついてくる指を許した。

「だいじょぶ」

苦しそうな息の下で、困ったように和哉は微笑んでみせた。

「いやじゃ、ない？」

頷いてみせた和哉は、瑛二が動きやすいように身体を開く。ぎこちない和哉に、瑛二は少し焦る。

「おい、やばいなら」

無理をするな、と言いかけた唇を、和哉のそれがしっとりと塞《ふさ》いだ。

「瑛二が、嫌じゃなかったら、いい」

唇を触れ合ったまま、吐息だけの声で和哉は囁いた。

「でも、キスしててくれると、嬉しいけど」

強がった笑みでも隠しきれない和哉の怯えに、瑛二は胸がつまる。そしてリクエストのとおり口づけたまま、そろそろと、指先の動きを再開させる。

体温で溶けたクリームが動きをなめらかにして、指先で知る和哉の体内の熱の高さに、瑛二は頭がくらくらするような感覚を覚えた。

「……ふ」

舌を絡め合ったまま、ゆっくりと何度も指先を潜り込ませる。怖がる身体を宥めるように、空いた手ではやさしい愛撫をそこかしこに散らしていく。

「ん……っ、ん」

脇腹を何度も撫でると、かくりと身体が弛緩し、ふわりと上がった体温はそのまま身体の奥へと指先を誘い込むような動きになった。

「まだ痛いか？」

「ちょっと」

辛抱強く、瑛二は和哉を慣らす動きを続ける。濡れた肉色の器官とともに、瑛二の舌に絡みつく和哉の声が、次第に、鼻にかかった高いものへと変化していくまで。

「……っ、あ、ああ、あっ！」

徐々に蕩《とろ》けたような感触とともに、突き入れた指に絡んでくるような和哉の内壁は、小さく痙攣しはじめる。

あおられつつ、どこかほっとした瑛二が目元で笑っても、その笑みに抗議する余裕もないのか、苦しげに唇を振りほどいた和哉は、堪えきれないような声をあげた。

「い、いや……やだ、それ」

「本当に嫌か？」

動きの自由になった指先をくるりと動かすと、弓なりに身体を反らせながら瑛二の指を締めつける。ようやく熱を取り戻した和哉のセックスは、二人の身体に挟まれて身悶《みもだ》えた。

「だめ、これじゃ……このままじゃ」

汗と涙に濡れたまま、しゃくり上げるような引きつった声で、和哉はろれつの回らない言葉を伝えてくる。

このまま達《い》った顔を見てみたい、とも思う。限界を伝える身体の震えを、このまま解き放って、そのとき和哉はどんな顔をするのか知りたかった。

それはきれいだろう。どんなに歪めた表情でさえ、瑛二の目に映るのが和哉であるかぎりは。

(けど、こっちが持たない、か)

瑛二の息も相当荒れている。ただ和哉の華奢な手のひらが幾度か背中を滑るだけで、すぐにでも終わってしまいそうな自分を必死に堪えていた。

「瑛二……瑛ちゃ、おねが……っ」

「ん」

くしゃくしゃになった目元に口づけて、腰を抱え直す。指を引き抜いた瞬間肉の擦《こす》れるひどく卑猥《ひわい》な音がして、和哉は絶え入りそうな声を出した。

「――あ！」

散々に慣らしたせいで、さほどの抵抗もなく瑛二は和哉の熱に包まれる。

「熱……っ」

きつく締めつけてくる和哉の身体に、思わず呟きが漏れる。体内に包まれる感触は腰が蕩けそうで、ぼうっとなりそうな意識を堪えて見つめた和哉は、圧迫感と衝撃に打たれたように目を見開いたまま、ガクガクと震えていた。

（や、べ……っ！）

その顔を見た瞬間、ざあっと全身の血が逆流し――。

「あ？」

必死になって堪え続けてきた瑛二は、あっけなく、暴発してしまった。

荒い息も治まらぬまま、茫然と瑛二は目を見開く。

「うそだろ」

思わず呟いて、赤面した顔を片手で覆う。

和哉は何が起きたのかまだわかっていないような表情で、ぼんやりと瑛二を見上げていた。それが余計にいたたまれない。

くたくたと脱力しきった身体で、目を丸くする和哉の上にかぶさると、おずおずと細い指が背中に回った。

「えー、と。あの、瑛二？」

「――ごめん。イッた」

心底情けなくて、赤面したまま呟くと、和哉が身動いだ。

「わりぃ、ちょっと、顔見ないでくんねぇ？」

ある程度予測された事態とはいえ、経験値の浅い瑛二にはショックがでかい。変に慰められでもしたら、立ち直れなくなりそうだと思う。

（みっともねぇ）

初めてでうまくいくのだろうかと危惧したとおりの今の状態に、やはりひどく落ち込んでしまう。

和哉は何も言わず、キュッと背中を抱き締めてくる。どうすればいいのか、彼もきっとわからないのだろう。

だが。

（まいったな）

内心の苦い屈辱から立ち直りきれない瑛二が、甘い匂いの漂う肩口に顔を埋めたまま漏らしたため息に、びくりと和哉の身体が揺れる。

「……え」

その反応に瑛二が我に返ると、小刻みに震えている和哉の身体が薄闇にもそれとわかるほどに赤く色づいていた。そして、互いの身体に押しつぶされる形になった和哉のそれは。

「あ、うわ、ごめん！」

意図したわけではないが、焦らすだけ焦らしたままほったらかしていたことに気づいて、瑛二は慌てて跳ね起きる。

「瑛二ぃ……」

見下ろした表情は苦しげで、泣きそうになっていた。

「ゴメン、ゴメン和哉っ！」

「もぉ、バカっ」

震える指先が、すがるように首筋に巻きついてくる。緩やかな仕草にあおられて、吸い込まれるように細い腕に搦め捕られた。

口づけると、ひどく熱い舌が応えてくる。まだ和哉のなかにいる自分自身が顕著な反応を示すのが情けなく、しかしそんなこともすぐに考えられなくなっていく。

ごめん、と囁きながら腰を進めると、しがみつく腕が強くなる。

「いい……いいから」

たすけて、とあどけない口調で呟いた唇を、もう一度深く奪った。放たれてしまった自分の体液のおかげで、抽挿《ちゅうそう》はなめらかになる。

ゆっくりと揺すり上げると、握り込んだ拳を口元に当てる。

「うっ……ふ、んんっ」

閉じた目蓋からは、ぱらぱらと雫が零れる。手の甲に歯を当てているのに気づき、離させようとすると首を振って嫌がった。

「怪我する、和哉」

掠れた声でそう囁くと、ぶるりと和哉は震えた。振動で起こる刺激に目元を歪めながら、細い手首を摑んで肩にかけさせる。

「こ、声、出る……変な声、でちゃうよ……っ」

必死に声を抑えるように、空気の振動だけの声音で和哉は呟いた。上擦ったそれに含まれる艶に、瑛二の肌が粟立つ。

「大丈夫だから」

「だって、なんかこれ……っ」

だめ、とかぶりを振るのを止《や》めて唇を塞ぐと、瑛二の喉の奥で和哉の悲鳴が溶ける。身体が動いたせいで、ひどく感じるところを抉《えぐ》ったようだった。

「あ……っ、あァ……！」

とろりとした視線を瑛二の顔に当てたまま、声を抑えることもできなくなった和哉の腰は、無意識に淫《みだ》らに蠢《うごめ》いた。

「ここ？」

「うんっ」

薄く笑った瑛二が突き上げると、どこかぼんやりとした顔で頷く。

「うそ、なんか、なんか……っ」

自分の身体の反応を信じられないようすで、虚《うつ》ろに呟く。

「く……っ」

あっけなく達してしまった分、多少の余裕はあった瑛二もこれ以上は自制することができずに、奪いつくすように身体を走らせる。身勝手にも激しくなる瑛二の動きに、細く高い声で和哉は応えた。

「も、や、すご、あぁ……っ」

「和哉っ」

ガクガクと震える和哉へ呼びかける自分の声も、切れ切れのものになる。

汗が噴き零れる肌を噛んで、押し広げた身体の奥に深く沈み込んでいく。

「瑛ちゃん、瑛二……っ」

色づいた身体を捩り、胸を上下させて喘ぎながら途切れる声で名前を呼んだ。

「――っ！」

瑛二の身体が、強く和哉を抱き締めたまま緊張する。

「う……んっ……！」

ぶるっ、と和哉が震え、裸の背中にきりきりとした細い熱が走る。

ほぼ同時に到達する瞬間、和哉が子供のように泣いているのがきつく閉じる寸前の瞳に映った。

＊　＊　＊

「平気？」

大きくつめていた息を吐き出した瑛二が尋ねると、まだ震えながらわずかに頷く。

軽く口づけ、遠かった視線がふっと焦点を結ぶと、もの言いたげな眼差しになった。

「なに？」

意識しないままに甘ったるいほどのやさしい声で問い返すと、ふと指が伸ばされる。

「――ア」

動きにつられ、まだなかにいる瑛二がどこかを刺激したのか、和哉が小さく声をあげる。

「ここ、好き？」

細い指を握り締めながら笑って尋ねると、真っ赤になりながらも和哉はどこか切ないような表情をして、子供のような声で言った。

「瑛二がすき」

甘えきった声は、瑛二の身体をさらに熱くする。

「瑛二が、すき……っ」

声に応えるように唇を寄せて、高鳴る鼓動の上、薄い皮膚をさらりと撫でる。

うっとりと瞳を閉じる和哉の目蓋から、残っていた涙がはらりと零れた。

瑛二は神妙な面持ちで、まだつながったままの和哉を眺め下す。

なんだか色々みっともなかったけれど、今は幸福な充足感に満たされている。

紅潮した和哉の頬は淫らな快感に濡れている身体と裏腹に、光を反射させるきれいな雫を零して、瑛二の胸を締めつけた。

(あれ)

不意に視界が滲んで、目の奥が熱くなった。汗に紛れて零れ落ちる雫を見られないように、和哉の肩口に顔を埋める。

「瑛二?」

穏やかに優しい声で和哉がそっと髪を撫でてくる。

理由はわからないままの切なさに止まらなくなった涙を、まだ汗に濡れて、少し荒い呼吸に上下する胸に押しつけた。

「も少し、このままでいて」

涙声には気づいただろうけれど、和哉は何も言わずに、緩やかな仕草で瑛二の身体を抱き締めている。


熱量の高い身体を抱き締めながら、セックスをした。

性器に触れて、声をあげさせて、乱れる姿態を見てしまってさえも、なんだか和哉はひどくきれいだった。

声も、身体も、顔も、涙も。

触れている確かな体温さえ、はかないものに思えていた幼なじみをひとつも貶《おとし》めるものではなかった。

折れてしまいそうに細い身体はしっかりと瑛二を包み込み、まるであやすように受け止めてくれる。

不思議なこのやわらかさを、ずっと求めていた。

身体の欲だけではなく、抱き締めることを許されたかった。

大事にしてきたものが、何ひとつ損なうことなく手に入った感動は、もう誰にもわからなくていい。

「好きだ」

「うん」

「アタマおかしくなるくらい、好きだ」

額に触れたやさしい感触は、和哉の唇だった。「同じだね」と、笑いを含んだ声は言っている。

赤くなった瞳をもう隠さないまま、触れるだけのキスを何度も繰り返した。


そのまま誘《いざな》われたセックスは、穏やかな気配で、けれど熱っぽさは変わらないままで、蜂蜜を溶かしたような甘さの痛い、目が眩《くら》むようなやさしい時間だった。

そのあと和哉がどうしてもと言うので、疲れた身体を引きずってシャワーを浴び、ぐちゃぐちゃになった客用布団の始末はとりあえず明日にして、和哉のベッドで一緒に眠った。

子供のように手をつないだまま、日が中空に差しかかるまで、二人は夢も見ない深い眠りについた。

** Epilogue **

夏休みが終わり、ますます背が伸びた瑛二は正規のレギュラーのポジションを手に入れた。坂本家でそれを祝ってくれたのは彼の父親ひとりで、兄と母は揃《そろ》って「これ以上家を狭くするな」と文句をたれているらしい。

結局今年の夏のインターハイは初戦敗退となり、優勝には遠く及ばなかったけれど、主力選手の入れ替わりに際して新人の伸びが期待できるなどと、あるスポーツ誌に載せられた記事の側には瑛二の写真が使われていた。

おかげで妙なファンが増え、和哉が少々拗ねるような事態にもなったのだが、やきもちを焼かれたことに対して、瑛二が鼻の下を伸ばしている有様では、さしたるアクシデントとも言えないだろう。

和哉の部屋には毎週のように、東京に住む家族からの定期連絡が届いている。

それは小包みだったり手紙だったり、ほとんどは電話が多かったけれど、いちばん熱心なのは伊島だということだ。

祖母も至って元気で、鍼《はり》治療で評判の医院に通うようになってからは脚の調子もよく、通院友達もでき、ちょくちょくと出歩くようにもなったらしい。

美苑と伊島はうまくいっているらしく、格段におっとりとした母親の声に、和哉は安心し、少しばかり複雑にもなった。

大学にはこっちの家に住むようにと言われて、また瑛二からは一年たったら自分も上京するから一緒に住もうと誘われ、一体どうすればいいのかと和哉は頭を抱えていた。


「やっぱダメ？」

部活帰りに和哉の部屋に立ち寄るのがすっかり習慣となった瑛二は、シャワーを終え濡れた髪も乾かさないまま、その問題を蒸し返す。

「無理じゃないかなあ、やっぱり」

色々な点をかんがみて、瑛二を怒らせないように怖ず怖ずと答えると、彼は拍子抜けするほどあっさりと引き下がった。

「んー……ま、しょうがないよな」

さらりと言って、タオルで乱暴に髪を拭うと、苦笑混じりの表情を見せた。

このところ急に大人びた顔をするようになった年下の幼なじみに、和哉は面食らうようなどぎまぎするような気分になる。

「えと、いいの？」

答えを聞けばさぞうるさかろうと思っていたもので、ついそんなことを聞いてしまう。

「いや、俺も無理かなーって思ったけどさ、わがまま言うだけ言ってみようと思ったわけよ」

だからあんまり考え込まなくていいぞ、と彼は和哉の髪を撫でた。

その笑顔には、癇癪を起こして怒鳴りつけた金太郎さんの面影は見えず、和哉は思わず見慣れないものを見るような目つきになる。

ふい、と顔が近づいて、静かに和哉は目を閉じた。

すっかり見上げるようになった顔の角度も覚えて、キスも馴染んだものになっている。

「今日は、ダメ」

「え、なんで？」

腰に回った腕が不穏な動きを見せたところで、和哉はストップをかけた。

「明日、二年は一日体力測定なの！　持久走もあるから、だめ！」

「うそ」

「大体、今日は勉強するんだろ？　俺のとこに入り浸って成績落ちたなんていうんじゃ、小母さんに顔向けできないよ」

「真面目にやってるからさあ」

あからさまに失望の色をのぞかせる瑛二から、身を捩って逃れようとする。

「とにかく、駄目だって！」

「えー。じゃあ、最後までしないから」

ね、と背後から抱きつかれて、和哉はじたばたともがいた。

「おまえこないだもそんなこと言って、結局したじゃないか！」

内容の恥ずかしさに真っ赤になりながら抗議しても、瑛二はしれっとしたものだ。

「そうだっけ？」

「そう！　だから」

腕が緩んだことにほっとした和哉は、背後の男が浮かべた意地悪な笑みには気づかない。

しゃあしゃあとした態度の瑛二は和哉のうなじに唇を寄せながら、低く甘い声で、こう囁いた。

「じゃあ、俺、今日はどこまでやっていい？」

「どっ……」

和哉は絶句し、思わず振り返った。眇《すが》めた目で見下ろしてくる瑛二は、それがあながち冗談ばかりでもないことを表情で教える。

「許してくれるとこまで、する」

言えるわけがない。そんなとんでもないことなど。

「キッ、キスだけ！」

上擦った声で叫ぶのに、早くも胸元を這いまわる指先。

「だめだって！　もぉ、瑛……！」

わめく唇を無理な角度でふさがれる。

はなから和哉の言うことなど聞く気はなかったというふてぶてしい態度で、ゆるゆると口のなかを優しい暴君は蹂躙《じゅうりん》した。

「で、どこまでいい？」

濡れた唇をキスで拭いながら、火を点《つ》けた張本人は笑っている。

和哉にももうわかっている。本気で拒めば瑛二は絶対にこんなふうにしてこないのだ。

憎めない笑顔は、悪戯を考える子供のようで可愛かった。

抱き締められれば胸が高鳴るし、触れられれば過剰に反応してしまう。

本当は、こうしているだけでも膝が崩れそうになる自分を、持て余しているから。

（はめられてる）

惚《ほ》れた弱みだ、仕方がない。

「明日の持久走に、響かないとこまで」

ぼそりと言いながら、焼けた首筋に腕を回す。

これで明日の体力測定は最悪の結果になるだろう。

まだ余裕のある頭でそんなことを考えて、和哉はくすりと笑いを漏らした。

訝しむような顔を向けた瑛二に、なんでもないと首を振る。

しかめた瑛二の顔に、ようやく、癇癪な子供の面影を見つけて、ほっと和哉は息をついた。

＊　＊　＊

慌ただしかった夏が終わって、次第に緩やかになる日差しを慈しむように、伸びやかに時間が流れていく。

変わったもの、変わらないもの、ひとつひとつを大事に抱き締めて、許された涙の代わりに和哉は、抱き締める腕と微笑みを手に入れる。

痛みと甘さがないまぜになった、ひたすらにやさしい恋を、素直な子供の瞳のままで見つめていられたらと思う。

確かな暖かさを伝えてくる、その腕を離さずに。

許してあげる

鋭く空気を裂いたホイッスルの音に、ネットを挟んだコートのなかの青年たちの面持《おもも》ちに浮かぶ明暗がくっきりと分けられた。

審判役のバレー部の生徒は、手にしたメガホンでゲーム終了をコールする。

『2―1で、二年D組Aチームの勝ち！』

ファイナルセットのサーブを決めた二見《ふたみ》は、傍《かたわ》らにいた瑛二《えいじ》の肩を叩《たた》き、満面の笑みを浮かべた。

「決勝だぜっ！」

「おおっしゃー！」

派手づくりの二見と、純日本男児の美点をかき集めたような瑛二の長身コンビに、女子からは黄色い声援が学年問わず投げ掛けられる。

この日は夏休み明け恒例の球技大会である。

バレー、バスケ、テニス、バドミントン、卓球の五種目に分かれ、各クラスでそれぞれの種目ごとにチームを作り、全学年でのトーナメント試合が行なわれるのだ。

基本的には全員参加であるが、クラスの人数や、ひとチームの頭数に制限のある種目によっては、補欠という名のあぶれも出る。

そこで公的にサボれるかといえばそうではなく、補欠人員は雑用係に回されるため、選手になるよりよほど面倒なのだ。ただし、クラスにひとりか二人はいる運動系が苦手なものは、すすんで補欠係となるため、大抵はなんの問題もない。

瑛二と二見、バスケ部レギュラーの二人はバレーを選択した。球技系の部活に所属するものは、他チームとの格差がつきすぎるためその球技の選手になることは禁止されている。よって審判になるか、他の球技を選択するしかないわけだ。

昨年には「動かなくていいから楽か」と審判役を買って出た二人だったが、その考えが甘かったことはその年の球技大会で思い知った。

選手は自分のチームの対戦中以外は休めるけれど、審判はそうもいかないのだ。おまけに、残暑厳しい九月に、動くことも許されないコートの中でスコアを延々とつけ続けるのは決して楽なものではない。昨年はまだ最下級生であったため、二、三年のやるはずの仕事まで押しつけられ、疲労困憊《こんぱい》させられた。

なんでもいいから今年こそはと息巻いた二人は、そして長身を生かしたバレーなら良かろうと短絡的に決めたわけだが、これが大当たりだった。

もともと運動神経のほうは人並み以上に発達している二見と瑛二である。次々と対戦相手をのしていっては、他球技では負けてしまったクラスメイトの声援を浴びまくっていた。

先程当たった三年チームの中には部活での先輩も混じっていたが、そこは勝負、関係ないねとうそぶいて、普段の恩返しとばかりに叩きのめしてさしあげた。

「明日からやばいんじゃねえの？」

にやにやする二見に、知るかよ、と瑛二も笑って応える。言いながら、バスケほどには動けないと知るや、その先輩目掛けてあざとくボールを回したのは二見の方なのだ。

「決勝どこと当たるんだよ」

「この次の試合で勝ったほうらしい。しばらく休憩できるな、昼も挟むし」

クラスの女子ばかりでなく、見知らぬ顔触れから差し入れられたタオルやジュースなどを抱え、二人は休憩を取ろうと日陰の方へ歩き始めた。

「しっかし、食い切れねえよコレ。どうする？」

「いま食っといて、昼すぎにまた食うしかないだろ」

「腐りそう……」

大量の差し入れはいかな瑛二とはいえ食べきれるものでもなく、こっそりとクラスの飢えた男どもに分けてやったが、それでもまだ三食分はある。弁当など、手作りのそれらはできるかぎりは断ったのだが、半べそをかかれたり、あとは捨てるしかないと言われれば、受け取らざるをえなかった。

贅沢なことだが、正直ありがた迷惑でもある。

愛想のいい二見はともかく、「坂本瑛二《さかもと》」にその手のアプローチは無駄だということは同学年から上には知れ渡っている。だから、弁当のたぐいを寄越したのはまだどこかあどけない一年女子が多かった。
二、三年の気の回る女子はこういうとき却《かえ》って手作りものにはこだわらない方がいいと知っているのか、市販のスポーツドリンクやスナック類を寄越し、本気度を低く見せて受け取ってもらうという手に出ている。
あざといな、と二見が笑って、瑛二も釣られて苦笑した。


体育館裏の中庭に腰を落ち着けた辺《あた》りで、涼やかな声が頭上からかけられた。

「大漁だね、二人とも」

「ちわす。花家《はなえ》さんも一緒にどうすか？」

和哉《かずや》をのんきに手招いた二見と違い、瑛二は何となくバツが悪く、可愛らしくラッピングされたランチボックスを脇に避《よ》けてしまう。

開いたスペースに、ジャージに包まれた華奢《きゃしゃ》な腰が納まった。

はい、これこれと二見から和哉に渡されたのはブルーベリージャムの入ったスコーンと、パックのジュースだった。

「花家サンはそのカッコ見るに、補欠組？」

「あたり。保健係かな。あと雑用」

ありがとう、と言いつつ苦笑したその表情で、きれいに焼けたスコーンの出所を察していることが知れる。

「暑くないんですか、長パン穿《は》いて」

「……ちょっと、風邪気味でね」

スコーンを齧《かじ》りながら、儲《もう》けちゃったねえ、と屈託なく笑った和哉は、悪戯《いたずら》っぽい目付きで瑛二を軽く睨《にら》んだ。

咎《とが》めているふうではなかったが、瑛二は何となく目を逸《そ》らしてしまう。

このくそ暑い最中に、和哉が長い丈のジャージを穿いている理由は、昨日の夜にある。

例によって例のごとく一人暮らしの和哉の部屋を訪《おとな》った瑛二が、ダメだというものを無理に通して、白く細い脚のかなり際どい部分に、派手なキスマークを付けたのだ。それもかなり大量に。

(だってヤだったんだもんよ……)

昨年の球技大会や体育祭などで、和哉の日焼けしない真っ白な脚にさり気なく視線を落とす輩《やから》は自分だけではなかったことは、惚《ほ》れた欲目ばかりでもなく事実だった。

このところ、和哉はまたきれいになった気がする。

もとより造作は気後れするほど整っている彼であるが、表情の深さやふと息をついた瞬間のなまめくような色合に、脳と下半身が直結している年ごろの男が気づかないでいろというほうが難しいかもしれない。

やきもきする自分こそが、その色香にいちばん惑わされているわけなのだから始末におえないと、瑛二は軽く吐息する。

やわらかく敏感な肌には、あっけないほど簡単に痕《あと》がつく。エゴと独占欲を剝出《むきだ》しにしてきつく唇で吸った瑛二に和哉はたしかに怒ったけれど、あんな甘い声で怒鳴られたところで説得力はまるでなかった。

——どうすんだよ……ばか……。

喘《あえ》ぎながら潤んだ瞳で咎められても、もう付けてしまったものは仕方ないだろうと居直った。

しかし、こうして暑そうにしながらジャージを穿くしかない和哉の姿を目《ま》の当たりにすれば、さすがに悪かったとも思い、またそこから連想された夜の出来事に、居たたまれないような気分になる。

如才ない二見と穏やかな顔で会話する和哉には気にした様子もなかったが、何となく気まずいまま、瑛二は一言も言葉をかけることが出来なかった。

「えっと、じゃあ俺行くね、ごちそうさまでした」

頑張ってね、と立ち上がった和哉に目を向ければ、含むような笑いを見せる。

「決勝頑張ってね、応援してるよ」

「うっす。勝ちますよ」

「……瑛二も」

ああ、とジュースのストローをくわえたまま生返事をすれば、くすりと笑った和哉が小さく付け加えた。

「優勝したら、あのことは許してやるよ」

言葉を返せない瑛二に、じゃあね、と明るく言って和哉は背を向けた。

「なんだ、ぜんぜん喋《しゃべ》らねえと思ってたら、喧嘩《けんか》してたの？　お前ら」

事情を知らない二見は、のんきな声で尋ねてくる。

（ああ、もう、ちくしょう……）

好きなように振る舞っているようで、最終的には和哉に手綱《たづな》は握られているのかもしれないと、瑛二は苦笑を禁じ得ない。

その日の球技大会バレー部門の決勝が、瑛二と二見率いる二年D組Aチームの圧勝で幕を閉じたことは、言うまでもない。

夏が溢れる

坂本瑛二《さかもとえいじ》が受験のための下見と称して、夏休みを利用して訪れた東京は、予想外に暑かった。

地元に較《くら》べると幾分日差しは弱く、わずかな距離とはいえこの土地は太陽から確かに遠いことを肌で感じる。やはり日本はタテに長いんだなあとぼんやり思いはしたけれども、呼吸が苦しいような、埃《ほこり》っぽく肌に粘り着く湿度の高さに閉口する。

雑多で華やかな新宿の街には、バスケ部の遠征や旅行などで何度か訪れたこともあったけれど、来年にはここからそう遠くない場所に住むのだと思うと、様々なものの印象が違って見える気がした。

なんと言っても、来年の春からは、和哉に会おうと思えば毎日だって会える。

夜行バスに一晩揺られ、少し重い肩に二、三日分の荷物を詰め込んだショルダーバッグを引き上げながら、瑛二は、春先にこの東京へと移り住み、今日でもう五ヵ月は顔を合わせていない、年上の幼なじみである恋人のことを思った。

——アルタ前なら、わかるよね？

全国的に有名な待ち合わせ場所であるそこは、溢《あふ》れんばかりの人でごった返し、目当ての人間を捜すだけで気疲れしてしまいそうだ。

まあ、向こうで見つけてくれるだろうと、時計を眺め約束の五分前であることを確認し、Tシャツから伸びた長い腕を組んだまま、壁に背中をもたれさせた。

高校三年生になった瑛二は、一年時の身長の伸び悩みが嘘《うそ》のように健やかな成長を見せ、いまでは一九〇センチを超える長身の青年に成長していた。

その上背から繰り出す豪快なダンクシュートと、大柄な割に機敏で小回りの利《き》く動きから、高校バスケ界では全国的に名の通った存在になっている。

だから、ちらちらとこちらを見上げて去っていく少女たちの視線も、一介の高校生でありながら注目されることに慣れた瑛二は気づきもしない。

むろん彼女たちは別にバスケットなどには興味がなく、瑛二の逞《たくま》しくバランスのとれた長身と、シャープに整っている意志の強そうな面差《おもざ》しに目を引かれているのだが、送られる秋波にはてんで無頓着な瑛二は、慣れない都会の人混《ひとご》みに少々うんざりしたような生あくびをかみ殺していた。

「――瑛二!」

「うっす」

時間ぴったりに現われた花家和哉《はなえかずや》は、瑛二ほどではないにせよやはり人混みから頭ひとつ抜きんでた長身だ。遠くからでも見付けるのに容易《たやす》い幼なじみは、自然な明るい色の髪と抜けるような肌の白さで、純粋な日本人とはどこか異なることを知らしめる。

和哉は細い手首を軽く振って、変わらない微笑を浮かべた。しばらくぶりに見るきれいな顔立ちは、いまさら胸をときめかせた瑛二を強く捕らえる。

記憶より少しだけ伸びた髪が、汗ばんだ首筋に張りついていて、なんとなく瑛二は目を逸《そ》らしてしまう。

「久しぶり、早かったんだね。ひょっとして、待った？」

足早に近付いてきた白い頬《ほお》にうっかりと触れたがる指を、ジーンズのポケットにつっこんで戒めた。

「んー、ちっとだけな」

「ごめん、暑かったろ？」

たいして、と手を振ってみせた後、頬を伝った汗に顔をしかめる。

「ああでも、喉《のど》渇いたな、どっか入るか？」

対照的なルックスの二人が談笑する様を見たまわりの少女たちの視線がにわかに色めき立ち、さすがに居心地の悪さを感じて和哉を促すと、食事は、と尋ねられた。

「あ、そういや、もう昼か」

「この辺は混んでるからね、少し待たないと入れないかも。……それとも、俺がなんか作ろうか？」

「うあ、和哉のメシ食いてぇ、それがいい!」

控えめな声の最後の提案に一も二もなく頷《うなず》く瑛二に、線の細い顔立ちが苦笑を浮かべる。

「せっかく出てきたのに、なんか美味《おい》しいものでも食べたら?」

そんなに店には詳しくはないけどさ、という言葉に、「おまえが作ったもんがいちばん美《う》味《ま》いよ」とお世辞でもなく真面目《まじめ》に言えば、うっすらと赤らんだ頰を隠すためか、細いおとがいをうつむかせた。

「和哉の部屋も見てみたいし。それに、夜行バスの椅子が硬くてケツいてえんだ。早く行こうぜ」

その言葉に吹き出した和哉は、華やかな顔立ちを隠すような、フレームの厚い野暮ったい眼鏡《めがね》をかけていた。研究室に入り浸ってろくろく表に出ないせいだろう、もともと光を弾《はじ》くように白かった肌は、ぬめった青白い光沢を放ち、どれほど彼が地味にしていようとも無意味なのだと瑛二に知らしめる。

右から左から流れてくる、不躾《ぶしつけ》な視線から、このきれいな姿を早く隠してしまいたい。

「たいしたもの、出来ないよ?」

帰宅を促す瑛二に、そんな身勝手な腹積りがあるとも知らず、仕方ないな、と照れたように和哉は笑った。

＊　＊　＊

地元を離れ都内の大学に入った和哉は、結局一人暮らしを続けている。

東京と一口に言っても広く、彼の選んだ大学と、母親である美苑《みその》が、祖母と、再婚相手の伊島《いじま》とともに暮らす家とはかなり離れているためだ。

地元にいる頃には伊島も美苑も「一緒に暮らそう」と粘っていたらしいが、通学に時間を取られてはせっかくの大学生活も色褪《いろあ》せてしまうだろうと、渋々ながら一人息子の独立を許している。

和哉にしても、二年前の母の再婚後、一度としてともに暮らすことのなかった伊島の家に、いまさら入り込むというのはどうかという遠慮もあったらしい。

いずれにせよ大学卒業後には家を出なければならないだろうし、これ以上甘え癖がつくのは自分としても本意ではないというようなことを、瑛二に話したことがあった。

――甘えたりしねえじゃん、おまえ。

むしろ痛々しいほど、細い身体《からだ》で気負っているところのある彼だ。意外な言葉に目を見開くと、そんなことないよ、と少し弱く笑った。

――最近、ほんとに甘ったれでどうしようもないなあって、自分に呆《あき》れるくらい。

――へえ？

あまり信じた様子のない瑛二に、少し恨みがましいような視線を向けてくる。

乾いた唇を、細い指が静かになぞって、瑛二は息を飲んだ。布団にくるまり抱き合って、手のひらに包み込んだ、まだ晒《さら》されたままの裸の肩が同性でありながら自分とはまったく違うラインを描いていることに、改めてドキリとさせられる。

瑛二のせいだよ、とぽつんと呟《つぶや》いた和哉の唇が赤く腫《は》れているのは、それこそ自分のせいなのだと知っている。それを舐《な》めたときの感触の心地よさも、その時にあがる甘い声も、もう何度も何度も確かめたのに。

見つめれば、まるで唇ひとつ許されていないようなあの頃の、切羽詰まった飢餓感を覚えさせて、瑛二を誘惑する。

宙に浮いたままの会話より、確かな熱が欲しくなって、貪《むさぼ》るようにキスをした。

翌日になにか用事があるとか、そういう具体的なことがないかぎりは、和哉はまず瑛二を拒まない。その日も黙って手足を絡め、もっと、というように静かに背中を撫《な》でてきた。

派手な顔の割にシャイで奥手な和哉は、どれほど瑛二の手が欲しくても、自分から誘うようなことは出来ないらしく、たいてい行動を仕掛けるのは瑛二の方だ。

それでも、二人きりでいるときに和哉が時折のぞかせる熱に潤んだ眼差《まなざ》しは、言葉や態度に出す以上に雄弁で、抗《あらが》いがたい。

しゃにむに求めても、それをすべて受け入れる柔軟な身体。青白いそれがほのかに色付いて、夜に浮かぶのを眺めているだけで、なにも考えられなくなり――。

（……だからまだ、真っ昼間だって）

明るい電車の中、リズミカルな振動に揺り起こされたかのように不埒《ふらち》な回想をする自分に気付いて、吊り革の上のバーに摑《つか》まったまま、瑛二は自嘲《じちょう》気味のため息をつく。

「どうしたの？」

「や、なんも」

和哉のきょとんとした目に見咎《みとが》められた気がして、バツが悪い。瑛二は誤魔化《ごまか》すように頭を搔《か》いた。

進学するまで、何度もそんな夜を過ごした。

幼なじみとして、生まれてこのかた十七年間、さまざまなすれ違いはあったものの、具体的な距離として離れたことはなかったのだ。

五ヵ月のインターバルは長く、眠れない夜は何度も訪れた。

（なんかやっぱ、タマってんかな、俺……）

がっつくな、焦るな。和哉はこんなに普通なんだから――。

胸の中で繰り返し、言い聞かせる言葉の最後は、少しばかり恨みがましいものも含まれている。

なんだか、喜んでいるのは自分だけなんだろうか。

しばらくぶりに逢《あ》ったというのに、至って穏やかな恋人の横顔にうろんな眼差しを注げば、くるりときれいな顔が振り向いて、至近距離の睫毛《まつげ》の長さにドキリとする。

「瑛二、やっぱりどうかした？」

「え、な、なんで？」

「むっとした顔してるよ」

気遣うような声に狼狽《うろた》えると、ひそめた眉《まゆ》を指摘される。ありゃ、と慌てて笑ってみせると、フレーム越しにもわかる甘い色の瞳が、不安そうに揺れた。

「眠いだけだって、バスん中で夜明ししたから」

「そう？」

取ってつけた言い訳を承服しかねるように、わずかに唇を尖《とが》らせる。

何しろ幼い頃からの癖やなにやらを熟知されている相手なので、嘘をつき通すことは不可能に近い。下手《へた》に機嫌を損ねても、短い滞在時間がもったいない。

「なんでもねえよ、ちょっと考え事」

苦笑しつつ、目を逸らした瑛二を追求する眼差しに、あきらめのため息をつく。

「ちっと、ヤバイこと思い出しただけ」

電車の揺れを利用して、小さく耳打ちすれば、一瞬惚《ほう》けたのちに、かあっと頬を赤らめた。

「ばか」

「だから、訊《き》かなきゃいいだろーが」

開き直ったようにじろりと睨《ね》めつけると、くっと唇を噛《か》む。羞恥に染まった耳たぶや細い首筋から立ち上る、くらりとするような色っぽさに、まわりのだれも気付かなければ良いのだが。

「あと、ふた駅だから」

「ああ」

生返事をしながら、妙に上がってしまったボルテージに、部屋についたら食事どころではないかもしれないとふと思う。

そっぽをむいていた和哉がちらりとよこした視線の先に、あの濡れた色の瞳を見付けて、瑛二は固唾《かたず》を飲んだ。

少なくとも、長かった互いの不在に焦《じ》れったさを持て余しているのは、瑛二ひとりではないようだった。

電車が進むにつれ、激しくなる鼓動。

他愛のない言葉は、期待と高揚に押しつぶされて、触れなければ納まりのつかない熱にすり替えられ、失われていった。

＊　＊　＊

ドアを閉めたとたん、腕を巻き付け唇を重ねてきたのは驚いたことに和哉の方だった。

「お、おいっ」

嬉《うれ》しいより驚きが先に立って、思わずその細い肩を摑《つか》んで引き剝《は》がすと、甘い茶色の瞳が潤んでいる。

「逢いたかった」

囁《ささや》くような声で呟《つぶや》いた瞬間、瞬《まばた》きの合間にぽろりと零《こぼ》れていく雫《しずく》は、なにひとつ彼が変わっていない証《あかし》だろう。

「凄《すご》く、逢いたかった……っ」

告白に、きりきりと胸が締め付けられ、知らず浮かべた笑みが切なく彩られる。

「うん、……俺も」

今度は自分から口付けを仕掛け、きつく腕の中に閉じ込める。

やっと、とその久しぶりの感触に酔いしれながら、瑛二は思った。

やっと触れられる。抱きしめられる。

胸がじんと熱くなるほどの感動を覚え、久しぶりに間近に見れば気後れしそうな、きれいで小さな顔を両手で包んだ。

「ちゃんと食ってた？　痩《や》せてないか？」

邪魔な眼鏡を外してやり、甘い茶色の瞳をのぞき込む。

記憶よりも少し手のひらが余る感触に眉をひそめながら尋ねると、曖昧《あいまい》な微笑が返ってくる。

はかなげなのに、どこか誘うような匂いのするその笑みは、ずきずきと瑛二の心臓を甘く痛めつける。無言のまま、親指で淡い色の唇をなぞると、小さく開いてのぞく舌が硬い指先をわずかに濡らした。

「っ！」

その接触に、頭が沸騰する。強引に抱いて濃厚に深く口づけると、拒むどころか手足を絡めてくる。

和哉のアパートに入り浸っていたあの頃、衝動より羞《は》じらいと理性が先に立つ和哉は、こんなふうに玄関先で仕掛けようものなら、羞恥のあまりの怒りでケンケンと瑛二の腕を突っぱねるのが定石だった。

「ん……ふ、」

だというのに、この日の彼はぞくりとするような喉声を上げながら、深く滑り込んだ瑛二の舌を気持ちよさそうに舐めている。

（なんか、い、いいのかな……）

あまりの変貌ぶりに気が引けて、ほどけた唇に名残《なごり》惜しそうにする和哉を腕からそっと解放する。

ふわん、ととろけた目つきは下半身を直撃したが、そうそうケダモノモードでもまずかろうと、瑛二は無理に笑みを作る。

「え、と。……取りあえず、上がらせて？」

濡れた唇を指先で拭《ぬぐ》ってやりながら言うと、はっとなったように目を見開いた。肩を震わせ、真っ赤になった顔をうつむける。

「ごめん、あがって」

呟く声が掠《かす》れて、和哉の大きく吐息した肩が頼りなく落ちている。

一瞬だけ、どこか哀しそうに眉根がひそめられたが、すぐに取り繕《つくろ》ったような表情で笑みを浮かべた。

（……？）

気のせいか、と細い背中に視線を送る瑛二は、和哉の押し殺したため息の意味など、まるで解《わか》ってはいなかった。

＊　＊　＊

さっぱりと清潔な部屋は、まだ高校生の頃和哉がひとり暮らしていたアパートと、その間取り以外は何ら変わることのない雰囲気で、懐かしいなと言った瑛二はほっと吐息する。

冷蔵庫にはありあわせのものしかなく、なにか材料を買ってくれれば良かったと思いながら和哉が簡単な昼食を作ると、「久しぶりだ」と嬉しそうに笑った瑛二は、変わらない健啖家《けんたんか》ぶりを披露してくれた。

「夜は近くに食べにいこうか、安いけど美味《おい》しいビストロがあるから」

「へえ、いいな」

玉葱《たまねぎ》と卵を炒め、塩と胡椒《こしょう》で味付けしたシンプルなピラフは健康そうな白い歯並びの向こうに吸い込まれるように消えていく。瑛二の豪快な食べっぷりが下品にならないのは、いつもぴんと張っている姿勢のせいだろう。マナーや行儀がどうこうというよりも、この年代できちんと咀嚼《そしゃく》し、味わって食することの出来る青年はさして多くはない。坂本家の母は剛毅な女性だが、最低限の躾《しつけ》は決して怠らないひとだった。

互いの近況を笑い混じりに話しつつ、丈の低いテーブルに乗せられた食材はしっかりと二人の胃袋に収められた。

「ごちそうさん。片付け、俺がやるよ」

地元のアパートでの下宿時代、和哉の手料理を味わったあと瑛二がかならず言ったそれと寸分違《たが》わぬ台詞《せりふ》に、和哉はほっとしたような笑みを見せる。

五ヵ月という時間が、若い自分たちにとって変質を引き起こすのに十分な長さであることは自覚しているだけに、背の高い彼の一挙手一投足にどうしても神経を張り詰めてしまう。

精神も身体も健全で健康な瑛二は、和哉にとっていまもって憧れの対象である。久方ぶりの屈託ない笑みは、精悍《せいかん》さを増した頰に乗せられれば意外なほどの甘さを見せて、和哉を落ち着かなくさせた。

至近距離にそれを見つめることの出来る幸福と、定められた時間の短さを思えば、嬉しさと淋《さび》しさの綯《な》い交ぜになった複雑な気持ちになる。

「明日、予定は？」

「ああ、午後から二見《ふたみ》と待ち合わせて、ガッコ見にいってくる。アイツはイトコの家だかに泊まってんだって」

答えながら、皿を洗い終えた瑛二は台所から六畳間への引き戸をくぐるようにして戻ってくる。

「ひょっとして、また背、伸びた？」

その動作にふと胸にさした疑問を口にすると、どうでもよさげな回答が帰ってくる。

「あー？　ああ、一九四だっけか。春に測って。今……は、わかんねえな」

余裕の言葉に、あれほどに伸び悩みを気にしていたくせにと、和哉は少し可笑《おか》しくなった。

「服、大変じゃないそれじゃ」

「ああ、もう今年卒業するってのに、また制服買い替えたよ。ズボン丈伸ばして誤魔化してたんだけど、もう布地がねえって」

長すぎるほど長い、たくましい脚を窮屈そうに曲げて瑛二は苦笑する。部屋が狭いため、自然密着するようになった肩先の距離に、和哉は少し身動《みじろ》いだ。

直接触れていなくともこれだけ傍《そば》近くにいれば、体温の高い瑛二から伝わってくる熱量に、目眩《めまい》がするような気分になる。

テレビを眺めながら麦茶を飲む横顔を盗み見て、そっと吐息した和哉はエアコンの風量を強くした。

電車の中ではあおるような台詞を口にしたくせに、玄関先に入るなり強く口づけた和哉を、彼はまるで平気な顔で引き剝がした。傍《かたわ》らにある引き締まったラインの横顔は、その時と同じように少しだけつれない。

五ヵ月前には和哉が抗《あらが》おうとどうしようと、強引に抱き締めてきたくせに、いまの瑛二にはその切羽詰まったような高揚を見て取ることは出来なくて、和哉は少しばかり落胆する。

（なに考えてんだか……）

たくさん話したいこともあるし、のんびりと穏やかに過ごすのも久しぶりで、おまけに時刻はまだ午後を回って少しといったところだ。

まだあと三日も瑛二といられる。それなのに、飢餓感に似た焦りのような気分が込み上げてきて、どうにも落ち着かない。ひどく喉が渇くのに、冷えた麦茶ではそれは少しも潤わない。

気づかない瑛二に、もう開き直ったように和哉は視線を投げ続けた。

顎《あご》の線がまたシャープになった気がする。頬の辺りに、知らない小さな傷があった。よく見ればTシャツから伸びる長い腕にも、いくつかの擦過傷がある。試合や練習でついたものだろうか。

目に見える小さな変化を追い掛けながら、もう一度吐息する。

「ん？」

震えて熱を帯びたそれにようやく気づいた瑛二が不意にこちらに顔を向けたので、和哉の心臓は奇妙な音をたてて跳ね上がった。

「どした？」

誠実そうな黒い瞳が、隠しようもなく赤くなっていく和哉の頬の色味の変化に気づいたように、わずかに見張られる。問い掛けに答えることも出来ぬまま、ただ惚けたように瑛二の男らしい顔立ちを眺めていた和哉は、ゆっくりと瞬《まばた》きをする。

「あ……の」

言葉につまった和哉に、瑛二はなにも言わないままごくわずかに一重の瞼《まぶた》を眇《すが》め、その視線を真っ向から見返してきた。

「え……？」

視線の強さに臆した和哉は、胸が破れそうに痛く、そのくせ甘く疼《うず》いていることに気を取られ、視界が急激にくるりと反転したことには反応を返すことが出来なかった。

「え？」

気づけば、瑛二の胸に抱き込まれたまま床の上に転がされている。

「ったくもう、おまえさあ」

呆れたような声の瑛二の、硬く変質してざらつく指が、ゆっくりと和哉の乱れた前髪を梳《す》き上げ、その接触にようやく状況の変化を思い知らされる。

「昼間っからじゃなんだろうと思ってこっちが我慢してるってのに」

苦々しく呟いて、ふう、と肩で息をした彼がゆっくりと覆いかぶさってくる。瑛二の言葉に、和哉はいっそう顔を赤らめた。

「んーな顔して見られちゃ、どうにもなんねえだろ」

そんなに。

物欲しげな顔をしてしまったんだろうか。

「ご……めん」

「謝るなっての」

ちょん、とふざけるような軽いキスで、哀しげに曇った眉間《みけん》に触れる。追い掛けて唇を願えば、ほどなく合わさる呼吸に、和哉は安堵《あんど》の吐息をした。

まだこの日の瑛二の舌先は大人しいままなのに、自然に潤っていく口の中が恥ずかしかった。

「カーテン閉めよか？」

「ウン」

言葉は軽かったが、瑛二の笑み含んだ声音にはわずかばかりの急《せ》いた気配が立ち籠《こ》めて、しがみついた肩に額をすり付けるように和哉はうなずいた。

＊　　＊　　＊

開かれた胸の上を丹念に愛撫する舌の動きに、瑛二の指により剝出しにされた両脚が、引きつりながら強靭《きょうじん》な腰を挟み付けた。

「ン――……」

ごく小さな赤みのある隆起を、唇に挟まれ舌先に突かれて、甘ったれた声を出してしまう。胸を構われているだけなのにひどくつらくて、自然に浮き上がった腰が、まだ着衣のままの瑛二の脚に触れた。

「ふ、……は……」

「相変わらず白いな」

やけにしみじみした声で言われて、余裕の態度が憎らしい。潤んだ瞳で睨むと、瑛二は苦笑めいた表情をのぞかせる。

そして、和哉を食べ尽くすかのように濃厚な口づけを施しながら、床に崩れていた細い身体を引き起こし、しんなりと細い指を取る。

「な、触って」

「え……じ……？」

長い指に導かれた箇所は、デニムの厚い布地を押し上げるようにして和哉を欲している。ずいぶんと即物的なことを求められ、絶句した和哉はしかし拒むことは出来ず、怖《お》ず怖ずとその硬いジッパーを細い指で引きおろした。

「あの」

上目にどうすればいいかと問い掛けると、耳元に小さな声で、具体的な行動を示す言葉を囁かれ、目の前が真っ赤になる。

「え、そ……」

「だめ？」

からかうような、ちょっと可愛いような目をして、年下の恋人はのぞき込んでくる。

（ずるいんだから、もう）

和哉がこの顔に弱いことを見越しての「おねだり」に、そして結局は応えてしまう。

目を伏せたまま前立てを開き、触れたとたんに激しく変化したものを手のひらで包むと、行為の淫《みだ》らさを思い知らせるようなその熱さにくらくらした。

恥ずかしさに半泣きの表情になった和哉の肩に顎を乗せた瑛二が、詰めた息を吐き出す。艶《なまめ》かしいような息遣いに、和哉の背中が震えた。

「なあ……指、動かして」

このままというわけにもいくまいとは思っていたが、ねだられた台詞のあまりの際どさに死にたくなった。

今まで何回も肌は重ねたけれど、こういうことを和哉から仕掛けたことはない。瑛二に触れること自体が嫌なわけではなく、実際いまも少しばかり興奮している。

ただ、彼らの関係性においてセンシュアルな接触に積極的だったのが瑛二のほうだったので、なんとなく流されるままに受け身のセックスを行なっていた和哉は、もともと奥手だったこともあり、相手に愛撫するやり方というのがいまいち飲み込めないのだ。

緊張に震える指をそっと動かしはじめると、和哉の肩を抱いた腕が強くなる。

（わ……）

顕著な反応は手のひらのなかにも表れて、触れることにも快感があるのだと和哉ははじめて知った。

「こ……これでいい？」

「ん……すげ、いい」

小さく囁いて、せがまれた言葉に励まされつつ、瑛二の熱くなったそれに指を絡ませる。

「はは、うまいじゃん」

笑いながら瑛二は言ったが、ほんのわずかにひそめた眉に彼の抑え込んだ興奮を見て取って、和哉は背筋に震えが走ったのを知る。

こんなことでゾクゾクする自分はやはり変なのかもしれない。

でも、と和哉は恨みがましい気分で瑛二の日に焼けた顔をちらりと流し見る。瑛二が息を飲んだのが、その色っぽく揺れている眼差しのせいだとは知らぬまま、和哉はふいと視線を逸らした。

その肩を抱かれ、半端に疼いている和哉の脚の間に、瑛二の硬い指が伸ばされた。

「んっ！」

跳ね上がった肩を押さえ込むようにして引き寄せられ、耳朶《じだ》を口に含まれる。

「俺、和哉の耳たぶスキ」

ふっくらしたそれを舌の上に乗せて甘く噛みながら、低く掠れた声が囁いてくる。

「絶対、ピアスとかすんなよ。ふくふくして、触ると気持ちいんだから」

「う……」

頷《うなず》きながら、瑛二の指に握られたものがひくついてしまう。よしよし、とでも言うような手つきで撫でられて、五ヵ月の間に更に厚みを増した肩に片手でしがみつく。

肌に絡まっていたシャツを剝ぎ落とされながら、普段は快活な低音が、卑猥なものを含んで潤む。

「なあ、脚開いて」

「や……」

いいじゃん、とこんな時ばかり甘えるのが上手になった幼なじみは、先程のようにちょっと悪戯《いたずら》な瞳で笑ってみせる。

年下の邪気のなさを装った瑛二のずるさに、解っていながらだまされたいのは自分だ。

瑛二の熱から手のひらを引き剝がされ膝《ひざ》を崩すと、大きな手のひらが膝頭にかかり、更に開かせようとする。抗う動きは、瑛二にコントロールされているかのように、和哉を壁際へと追いつめた。

「だめ……っ」

さすがに明るい中で浅ましい部分を見られるのは躊躇《ためら》われ、涙目で訴えると、瑛二の顔に苦笑が浮かぶ。

「やだ？」

「やだ」

鼻の頭をすり寄せるようにして瞳をのぞき込まれ、結局どろどろに瑛二に甘い自分は、なんでも言うことを聞いてしまいそうになる。

「そんな必死に隠さなくたって、もう何度も見たのに」

「じゃ、じゃあ、見なくていいだろ！」

「久しぶりだから、見たっていーだろ？」

からかわれているのは解っていたが、ムキになってつい言葉を返してしまう。

「やっ……やだ、瑛二！」

焦って逃れようとすればするほど、瑛二の瞳が本気度を増していくのに気づけないまま、もがいて床に押さえ込まれた和哉の脚を、強引な腕はついに開いてしまう。

晒《さら》された場所への視線が痛くて、和哉はきつく目をつぶり、交差した両腕で顔を覆った。

「うわ」

瑛二が喉をならしたあと、ぽつりと漏らした声に、いたたまれなさのあまり、死んでしまいたくなる。

「見……な……！」

瑛二の視線を感じて、震えているものが熱くなっていくのを感じ、和哉は捕らえられた脚をばたつかせる。

して上げるつもりだったのに、と譫言《うわごと》のように呟きながら、和哉は晒された腹部をひくつかせる。

「いいよもう、これ以上されたらもたねえよ」

髪と同じ、淡い色の下生えを優しく梳いて、押し殺したような艶かしい声音が耳元を掠める。

「なあ……おまえ、誰ともしてないよな？」

「な……」

わずかに苦いものを含む囁きに、和哉は瞳を歪《ゆが》ませた。

「なに、それ」

あんまりな言葉に、ショックで目元が滲《にじ》んでしまう。

「し……てない、できな……」

汗や他のものに濡れたそこを確かめるように触られて、息が上がってまともに喋れない。

こんなふうになってしまうのは、瑛二のせいなのに、ずいぶん酷《ひど》いことを言う。

「え……瑛……二、しか、知らないのに」

その表情に少し慌てたような顔をして、年下の恋人はきつく身体を抱いてくる。背中を抱き返すことも出来ず、和哉は身体を強《こわ》ばらせた。

「ごめん、信じてるけど……そんなことしないって、わかってるけど」

ふう、と吐息して、半べそになった和哉の肩に顎を乗せた瑛二は言った。

「なんかさ、和哉、きれいだからさ。俺は近くにいられないし。変なのに目ぇつけられたらどうしようって」

「そんなの……」

欲目というもので、と言い掛けた和哉の言葉を、荒っぽい仕草の唇に奪われる。きつく抱いてくる腕に彼の不安が表れているようで、息苦しさに喘《あえ》ぎながらも、身体に陶酔感が走っていくのを否めない。

求められていることをストレートに教えてくれる強さが、瑛二の愛情があの頃と変わらないことを和哉に知らしめる。

「自慢じゃないけど、俺、しつこいよ。生まれてこのかた、瑛二以外目に入ってなかったんだから」

ほんとだよ、と潤んだ瞳でのぞき込めば、伏し目した瑛二の表情はやけに大人びて、和哉の胸を苦しくする。

「半年くらいで、変わらないよ。そんなに……軽くないよ。ずっと……ずっと好きだったんだから」

振り向いてもらえず、邪険にされて、辛《つら》くて死にそうだったあの頃のことを思い出し、和哉の顔が歪む。

「俺なんかでっかいし、細いばっかで別に可愛くもないし、こんなことすんの瑛二が物好きだから」

「もの……って、こら、ちょっと待て」

卑屈なことを言い始めた和哉にぎょっとなったように、瑛二が顔を上げる。

「物好きで片付けんなよ、自分のツラにもうちょっと自覚持てって！」

高校時代、山ほどの告白を受けていたのはどこのどいつだと怒ったように言われ、知らない、と和哉は拗《す》ねる。

「俺の目の前でもしょっちゅう告られてたろうが！」

「でも誰とも付き合わなかった！」

「嘘つけ、キスくらいしたことあっただろ⁉」

突っ込まれ、うう、と和哉は下唇を嚙む。

瑛二とこうなる以前、転校するのでどうしてもとせがまれ、下級生の女の子に強引にファーストキスを奪われてしまったことがある。

またその子が黙ってくれていればいいものを、転校前に思い切り自慢して去っていったものだから、同じような「お願い」は後を断たなかったのだ。無論のこと、丁重にお断わり申し上げたのだけれども。

後になって噂《うわさ》を聞いた瑛二は、それはもう拗ねて大変だったものだから、この件に関しては黙るしかない。

言葉を殺した分、感情が高ぶってじわっと滲んでくるものがある。泣いて逃げるようでずるいとも思ったが、こうなると和哉にはもう止められない。

「だっから……泣くなよ」

「ふ……」

ぎゅっと目をつぶった和哉には、瑛二の顔は見えなくて、吐息混じりの声が呆れているのかと恐《こわ》くなる。腕の中で硬くなった身体のあちこちを宥《なだ》めるようにさすられ、あやすような仕草に余計涙が止まらなくなった。

「ごめんな、もう言わないから」

なあ、機嫌なおせよと囁かれて、瑛二はもう、狼狽《うろた》えるしか出来なかった少年ではなくなっていることを知らされる。

ゆっくりと目を開けば、困ったような表情の瑛二がいて、ほんの少し安堵した。

「疑ってるんじゃないんだ、ただ、やっぱり恐い」

深く低い声は心地よく耳に滑り落ち、官能の匂いをたちのぼらせる。

「恐い……？」

いつも強気な瑛二の言葉に、意外だと言えば、おっかねえよ、と苦く笑った。

「俺のいないとこで、変わったんじゃないかと思うと、すげえ恐いよ」

「そんな簡単に、変わんないよ……変わらないって言ってるのに」

鼻にかかった和哉の言葉に生返事をする瑛二は、やはり不安なものを抱えているらしい。

そっと肩に手を伸ばすと、真剣な瞳に見つめられた。

「確かめてもいい？」

そして、瑛二以外、和哉さえも触れたことのない場所へと、長い指は下りていく。

「うん」

離れても褪せることのない想いだけには自信がある。

忍んでくる指の久方ぶりの感触に小さく震えながら、誘うように和哉は小声で呟いた。

「確かめて」

＊　＊　＊

指に丹念にほぐされ、じりじり疼きながら待ちわびている場所へ、瑛二のそれがあてがわれた。

「瑛二の方こそ、……他の人と、しちゃ、いやだよ」

なんでもするから、と震えながら言うと、困ったように彼は笑った。

「バカ、しねえよ」

胸を喘がせながら、じっと瑛二の表情を追う和哉は、獣じみた衝動に突き動かされながらも優しい瞳に、そっと安堵の吐息をこぼす。

「あぅ……！」

もう痛みは感じないけれど、量感のある熱の塊《かたまり》に浸食される瞬間だけは、どうしても不快感を覚えてしまう。久しぶりの行為のせいだろうか、憶《おぼ》えているよりもひどく大きなそれに、和哉はうめいて奥歯を噛んだ。

そして圧迫感をやり過ごすための深い呼吸のあと、開ききれない身体の一点を瑛二のセックスに擦《こす》られ、一瞬のうちに、異物による不愉快な感覚は甘美な恍惚へと逆転する。

「ン……っ」

瑛二がうなりながら小さく吐息して、入り込んだときよりも更に体積を増す。

「あ……あ……」

身体の奥で起こされた現象に和哉が身震いすれば、「ちょっと待てよ」と切羽詰まったような声で咎められる。

「良すぎる、和哉」

そんなに締めないで。

ひそめられて淫らに甘くなった瑛二の声に、和哉は顔を赤くする。

「違う、してない、俺……ただ、瑛二のが」

瑛二の胸に額をつけて顔を隠しながら、和哉の声は消え入りそうに小さくなる。

「え、なに？」

聞こえない、と真面目に聞き返されて、なんでもないとかぶりを振った。普段ならここで食い下がる瑛二も、さすがに余裕がないのか二度は尋ねてはこない。

その代わり、繋《つな》がった腰をゆっくりと揺らめかせる。

「ウンッ」

脚の間に挟み込んだ引き締まった腰は、卑猥に蠢《うごめ》いて和哉の身体を貪《むさぼ》り、高めていく。

どうしようもなく興奮しながら、同時にひどくほっとして、振り落とされまいとするように、和哉の指は瑛二の背中にしっかりとしがみつく。

「痛くないか？」

「うん……ン、……あッ！」

気遣いながらも瑛二の声は掠れて、ぬるついた肉がこすれ、ぶつかる音がするほど、和哉の中をかき回す動きはますます激しくなる。

「や、あ、あっ」

訳が分からなくなりそうで、いや、とかぶりを振れば、荒れた呼吸の合間に瑛二が囁いてくる。

「ごめんな、痛いか？　いやか？」

責める動きはやめる気がないからこそその無責任な謝罪に、それでいい、と和哉は背中を仰《の》け反《ぞ》らせる。

「痛く、ない、ないよ」

無意識のまま、少しでも瑛二を深く受け入れようと開いていく脚は、細かく痙攣《けいれん》しながらシーツに皺《しわ》を寄せる。

「く、う……！」

最奥を抉《えぐ》った瑛二が愛《いと》しくて、ずっとこうしていたいと思う。上京してから五ヵ月、この快感を与えられず、それで平気でいられた自分が信じられない。

滑らかな、若い筋肉の張りつめた肌に、触りたくて気が狂いそうだったのは和哉の方だ。

浅ましいほど瑛二に餓えていた自分を知って、和哉はまた泣きたくなる。

今日を含めて三日、それが過ぎればまた半年の間は瑛二に会えないのだ。

頼りない身体を包む腕も、熱っぽい眼差しも、時間と距離を隔てた場所へと帰っていってしまう。

「瑛……瑛二」

切なさに胸がつまって、唇を求めた。熱い舌に口腔をまさぐられ、同じリズムで下肢の奥を暴かれて、突き抜けるような鋭い快感が身体を走り抜ける。

きつく抱きすくめてくる、瑛二の寄せた眉根が、食いしばった唇から漏れる掠れた声がたまらない。

「あ、も、もっと、して……っ！」

すき、と。揺さぶられてままならない言葉で和哉は呟いた。

（相当、我慢してやがったな）

舌足らずな甘えた声に胸を熱くしながら、空白の時間をうめるように激しく乱れる和哉を眺め下ろし、瑛二はわずかに唇を歪める。

瑛二を拘束するかのように絡み付くしなやかな手足の強さに、和哉の不安と淋しさが表されているようだった。

離れている間、たまに電話で声を聞いても、瑛二を心配させないように「元気だよ」としか言わない和哉のことを、ずっともどかしく思っていた。

ほのかに笑みを含んだ、落ち着いた声音に、正直なところ不安にもなった。

あまりにも変わらない和哉に焦《じ》れて、つい苛《いじ》めるような真似《まね》をしてしまったけれど、確かめてと言われ差し出された身体には、瑛二を求めていることを十二分に教えられた。

この部屋に入った途端、たがが外れたように口づけてきた和哉は、いま、身体の奥に受けとめたものを離すまいとするかのように締め付け、さらなる奥へと誘い込んでくる。

この淋しがりの泣き虫が、ひとりで平気なわけもない。

（無理してでも、逢いにくれば良かった）

もとより、望みを口にすることが苦手な和哉のことを、誰より知っていたはずなのに。

「ごめんな、和哉」

小声で囁いて、強く抱き締める。唐突な言葉にきょとんとする和哉の表情は、こんなことの最中にもかかわらずどこか無心で幼く、頼りなく揺れる心を映し出している。

「ど……した、の？」

「ん、なんでもねえ」

髪を撫でてやると、情欲に濡れた瞳が無邪気な色をのぞかせて微笑《ほほえ》む。幾度も軽いキスを繰り返しながら、不意打ちで強く突き上げた。

「——あ！」

「もう少しだからさ、我慢しろな」

こんな最中に言っても、別の意味に取られてしまうなと苦笑しながら、きゅっと窄《すぼ》まる敏感な部分を緩やかに擦り上げた。

「半年分、しような、今日は」

笑いながら柔らかい耳たぶを唇に挟むと、和哉は押し殺したような声で啼《な》いてみせる。

焦らすようなゆったりした抽挿に、お願い、と震える声が呟いた。

「もっと動いて……強くして」

シャイなところのある和哉が、こういったことを言葉に出してねだることはごくまれで、激しくなる喘ぎと瑛二を包むなまめかしい蠕動《ぜんどう》に、ごくりと喉が鳴る。

「和哉？」

「ふっ……うっ……ン」

汗に濡れて火照《ほて》った顔をのぞき込めば、身体の高ぶりのためか、すすり泣きながらまた唇を求めてくる。鳴き声がひどくなる箇所を執拗《しつよう》に責めると、ぼろぼろと涙が零れていく。

「瑛二、瑛二ぃ」

もっと欲しい、と四肢を絡めて和哉は泣いた。

「俺の……俺のなか、いっぱいにして」

引き攣《つ》った呼吸の合間の言葉は際どく、瑛二が許すのなら、どこまでも奔放に乱れてしまいたい欲望を表している。

淫蕩に緩んだ唇が、たまらなくきれいだと思った。

「瑛二で、して。瑛二のがいい」

身体に挟まれる形になった、和哉の濡れた熱は、瑛二の律動と共に彼の硬い腹筋に擦れ、もう限界ぎりぎりのところだった。

「あぁ……っ！」

手のひらに捕らえ、指の腹で粘り着く液を染み出させている先端を撫でると、べそをかくような表情で高い声をあげる。堪《こら》えようとして力んだ身体は瑛二を締め付け、まだ来るのが惜しいような絶頂の興奮へと否応なく駆り立てた。

「溶け……溶けちゃう……！」

「ああ、俺も」

瑛二を柔らかくぴったりと包み込んだ和哉の内部は、塗り込めたローションと瑛二の体液に潤み、かき回せば生クリームのような甘い抵抗感を持って粘り、まとわりついてくる。上《うわ》擦《ず》った声で囁くと、びくびくと跳ねる身体が艶かしい。

「クソ……すっげ、いい…」

「あぁ、はあっ、……う、んン！」

指に捕らえた和哉をきつく握ると、苦しい、と泣きじゃくる。上下する白い胸にアクセントを添えるような赤みを舌で強く転がすと、断続的に震えて腰をくねらせる。

瑛二の身体を挟み込んだ和哉の内腿《うちもも》は緊張と弛緩《しかん》を繰り返し、あおるように体側を擦り上げてはきつく強ばった。内部の収縮は間隔を狭め、猥雑な陶酔を瑛二に与える。

「た、まんね……！」

もう気遣ってやることも出来ず、腰を抱え上げて打ち付けると、声も出ないまま背中をしならせた和哉が瑛二の脇腹に爪を立てる。

「あン、あ、あっ、だめ……！」

赤い舌をのぞかせてふいごのように胸を喘がせた和哉は、怯《おび》えたように首を振り、シーツを手繰《たぐ》った。

激しすぎる感覚から逃れようと身を捩《よじ》る彼をそのまま深く奪うと、目を見開いたまま声のない叫びを細い喉からほとばしらせる。

「――――ッ！」

がくがくと腰を揺らしながら、瑛二の手のひらに白濁した液体を吐き出す。その顔を見ながら、背筋を走ったものに耐えかね、震える身体を腕に閉じこめたまま瑛二もすべてを解き放った。

「はっ、ふ……、くふ」

形の良い唇を大きく開いたまま、わななく息を吐いた和哉の身体が幾度かの緊張をやり過ごし、やがてだらりと力を失う。瑛二も大きく息をついた。

抱き合った肌から感じられるそれらの変化がいとおしくて、余韻に甘く蕩《とろ》けたままの唇を味わうようについばんだ。

「サイコー」

肩口に顔をうずめ、はあ、とため息をついて笑った瑛二に、先程までの大胆さが恥ずかしいのか、荒い息の納まらない和哉はしきりに顔を隠そうとする。

強引に両手に包み、涙の残った目元を拭ってやると、拭いたはしからまた新しい涙を浮かべて、くしゃくしゃと顔を歪ませた。

なんだよ、と鼻先が触れる距離で見つめると、もう離して、と呟くように言った。

「も…やだ……変になっちゃった」

身体に連れて感情まで高ぶってしまったのか、まるで子供の頃のようにしゃくり上げた和哉に、瑛二はだらしなく相好《そうごう》を崩す。

「なんで？　気持ち良かったろ？」

わざとからかうと、まだ力の入らない手で肩を叩かれる。離せと言ったくせに、鼻を鳴らしながら懐《ふところ》に潜り込む和哉は、滑らかな頬を擦り寄せて、甘える仕草で抱きついてきた。

「帰りたくねえなあ」

長い腕で抱擁に応えながら、募る切なさに胸がつまる。

恋人と離れる半年は長い。これからのことを思えば、耐えなければいけない時間だと知っていても、甘い髪の匂いを感じ取れば、この腕から逃したくないと思ってしまう。

「ん……」

そこかしこに口づけると、まだ繋がったままの部分が熱を取り戻し始める。びくん、と肩を揺らした和哉がまた頬を赤らめて、おずおずと見上げてきた。

「わかってる、一回、どくよ」

ばつが悪く呟くと、しかし和哉はふるふると首を振り、しっとりと濡れた唇を瑛二の顎の辺りに押し当ててきた。

「お願い、抜かないで」

「え？」

かぼそい濡れた声がして、瑛二の頭を惚けさせる。ぼんやりと見下ろすと、むしろ挑むような瞳が誘っていた。

「いま、凄く、いいから……このまま」

「——え？」

驚く瑛二に、だって、と口を尖らせた和哉の愛らしいような表情は目に入っても、言われる言葉に脳が追い付かない。

「だって、は……半年分、するって、さっき言ったよね、と言い掛けた唇を、強引なキスで奪い取る。

一瞬驚いたように引っ込められた柔らかい舌は、しかし同じほどの熱っぽさで絡み付き、こねるように蠢いた瑛二のそれに応えてくる。

もう後はメチャクチャで、蕩けてただれた時間の中、甘やかな和哉の声がねだったり嫌がったり相反する言葉を発するのを追い掛けて。

それこそ半年分の熱情をぶつけあうまま、納まらない熱の籠《こも》る身体にまかせ、舌が痺《しび》れるような口づけを交わしあったのだった。

＊　＊　＊

「もしもーし……あ、二見？　そ、俺。いやあのさ、悪ィけど明日の待ち合わせ、三時くらいからでいい？　え？　うんいや、ちょっと都合悪くって……うん、スマンけど」

とりあえずジーンズだけを身につけ、裸の背中を和哉に向けたまま、瑛二はしきりに電話ごしに謝っている。

「うん、ちょっとさ、和哉が具合悪そうで……あ？　見舞い？　いいよ、いらねーよ」

（ごめんね、二見……）

少し軽い感じの、だが人好きのする後輩の顔を思い浮かべ、こちらも一糸纏《まと》わぬ姿のまま、布団にくるまりまだ動けないままの和哉は赤面しつつ胸のうちで謝罪する。

瑛二がいま必死で二見に言い訳しているのは、和哉のこの状態に起因する。

嗄《か》れた喉が痛くて和哉が小さく咳《せ》き込むと、ばつの悪そうな表情で瑛二が振り返った。

あおったのはこちらなので同罪でもあるが、半年分、という瑛二の言葉は伊達《だて》ではなく、出ないのは声どころか、涙も汗も、もうとにかく身体中の体液すべてを搾り取られてしまった状態なのだ。

（腰が抜けて立てないなんて……）

それどころか、寝返りを打つことすらいまの和哉には億劫だった。恥ずかしさやいたたまれなさに身体中を染めたまま、丸くなって横たわっているのが関の山だ。

「――お大事にってさ」

ようやく電話を切った瑛二が、苦笑いで振り向く。

大丈夫か、と心配げではあるがけろりとした声で言われ、体育会系と文科系の歴然とした体力差を見せ付けられて少々鼻白んだ。

むろん、瑛二と和哉のセックスの場合、受け入れる側の和哉のほうに色々と負担が大きいせいもあるのだが、根本的にスタミナが違いすぎる。

「ごはん……」

どうする、と訊こうとして喉を詰まらせる。噎《む》せこんだ和哉の背中に、大きな手のひらが優しく触れた。

「ああ、いいよもう、……俺がなんとかするから黙ってろって」

けふけふと咳き込む身体をそっと抱き起こし、テーブルの上に出しっぱなしになっていたぬるい麦茶を飲ませてくれた瑛二は、ごめん、とばつの悪い顔で神妙に頭を下げた。

「いくらなんでも、やりすぎた」

心底反省しているらしい表情に、声の出ない和哉は、やわらかい微笑と髪を撫でる指で応えた。

『だいじょうぶ、きにしないで』

吐息だけの声でそっと告げると、叱られた大型犬のように上目に見つめてくる。

あんな激しいことをして、散々和哉を振り回したくせに、こんなふうにかわいい目で甘える瑛二はやっぱりずるいと思うけれども。

独占欲をぶつけられて嬉しいばかりの和哉には、怒れたものではない。

『……俺も、欲しかったから、いい』

囁いて、頬に唇を触れさせる。

「キス、いい？」

いちいち確認を取らなくても、怒ってなんかいないのに。そう思いながらほころばせた唇に遠慮がちの口づけを落とされて、力の入らない腕を逞《たくま》しい肩に回す。

きゅうっと抱き締められ、何もかもが満ち足りていく。うとうととなりはじめた和哉に、優しい声が「眠っていいよ」と囁いた。

「明日の夜は、さっき言ってたビストロに連れてってな」

「ン……」

こくん、と頷いて、急速に訪れた睡魔に引きずり込まれる。

静かに無防備に眠り込んだ和哉の身体に、そろそろとパジャマを着せてやりながら、瑛二は複雑なため息を零した。

穏やかな和哉の寝顔は、先程までの淫らさなどかけらものぞかせることはない。貪欲に求め、無理をさせてしまったことへの後悔を覚えつつ、どうしようもなくすっきりしてしまっている己れの中の男の性に呆れ返った。

それでも完全に満足したかといえば、そうとは言い切れなくて。

(なんか、おっかねえや)

まだ欲しいとさえ、思ってしまう。

あらためて、このきれいな恋人の不在にそうとうに餓えていた自分をまざまざと思い知らされた気分だ。

あと半年、長くも短くもあるようなその時間の和哉の空白を思えば、やけに切なくて苦い笑みがこぼれる。

慌ただしく、さまざまに密度の濃いであろうこれからの半年で、きっとまた行き詰まることも不安も訪れるであろうけれど。

「好きだぞ」

眠る和哉の額に口づけ、瑛二はそれでも決して変わることのない、真摯《しんし》な想いを唇にのぼらせた。

あとがき

今作は、私の一九九八年のデビュー作『楽園の雫』を改題し、文庫化したものです。同人誌で書いたその後の小話なども収録となっております。

正真正銘、生まれてはじめて書いたオリジナルBL小説を同人誌として頒布したのは、そのさらに二年くらいまえになります。

当時、いまでいうところの二次創作作品などはちょこちょこと書いておりましたが、オリジナルは、やってみたい……と思いつつなかなか手がつけられないままでおりました。

この作品を書きはじめるすこし以前、今年の頭に亡くなった伯母が病気に倒れ、また祖母もぼけの症状がではじめたころであり、会社通いをしながら病院に見舞にいき、祖母と伯母の住まう家に通って食事を作り、自宅に戻ってまた家族の食事を作り――と、私はひどくあわただしい状況にありました。

そのため、趣味で書いていた小説もまったく書ける状況ではなくなり、プライベートタイムはないに等しい状態でした。

その後、伯母の手術もどうにか成功し、専門のヘルパーさんをつけるなどの方向性も決まって、自由になる時間ができたとき、いきなり手が空いた時間をどうしよう、と思い、いい機会だから、オリジナル書いてみよう！　と思い立ちました。

　本当にただ、遊びのように書いていただけだったのに、小説を書くことができなかったのが、つらくてたまらず、夢中になって書いたのを覚えています。

　まだそのころ、ＰＣなど持っていなかったのでワープロでぱちぱちやりながら、いちから設定を作ることのむずかしさ、キャラクターを自分の思うままに動かすことのむずかしさなどに七転八倒しながら書きあげ、ごく少部数の同人誌として発表しました。

　最初にイベントで売れた冊数、いまだに覚えてます。七冊（笑）。イベント参加する余裕もなかったため、友人のスペースの端っこに置いてもらったのもいい思い出です。

　そして完売するまで二年をかけたのですが、そのうちの一冊を、当時私を拾ってくださった編集さんが手にとってくださり、そこから声をかけてもらって、デビューが決まりました。

　なにがなんだか、と思いながら、雑誌に掲載するには半端に長い、しかも――これはいまだになのですが――文章を端折《はしょ》るのがどうもうまくないことから、「いっそ加筆してノベルズにしますか」というご提案で、大改稿をほどこし、初のノベルズが刊行されました。

　当時の担当さんはすでに、編集業から退かれてしまったのですが、「欠点を直すのはあとでもできる。まずは長所を伸ばしましょう」と言ってくださったことは、いまだに印象深いです。

　デビューから、今年で十四年。来年には十五周年となるわけですが、正直に申しあげるとそれだけの長い間、お仕事として書き続けるとは想像もしていませんでした。むろん、続けたい意志はありましたが、遠すぎて見えない未来だった、いまそこに自分はいます。

きっかけとなった伯母はもう亡く、祖母もずいぶん弱ってきましたが、作中にでてくる「おばあちゃん」のフィーチャーぶりは、おばあちゃん子だった自分がでているなあと思ったりしながらゲラをやっておりました。

あと、キャラの名前は当時好きだったミュージシャンを参考にしたりしました。名字はぜんぶ違いますけれど。ちなみに花家というのは、これも当時の友人からでした。元気でいるのかな。

いろいろ、未熟にもほどがある作品です。それでも私の第一歩は、この話からはじまったのだなあと思います。当時から年下攻め好きだったのねとか（笑）。このころは、年下攻めってすくなくて肩身の狭いものだったりしたのですが……時代が変わったのか、私が気にせずKYに書き続けてきたせいか、代表作と言える作品には年下攻めも多いです。

ともあれ、青々しい作品ではありますが、思い出ばかりの本だなあと、ここまであとがきを書いてきて思いました。

そしてじつは、デビュー作の挿画も今回に同じ、蓮川先生でした。十四年を経て、こうしてリニューアル挿画を描いていただけたこと、嬉しくありがたいなあと思います。

美麗なイラスト、当時も感動したものでしたが、今回はまたいろいろと思い入れもひとしおなだけに、しばし色々ひたってしまいました。すばらしいイラスト、ありがとうございました。

その蓮川先生に挿画して頂いている慈英《じえい》×臣《おみ》シリーズですが、本当は今年中に新作を書く予定でした。しかし、第二部完結編とも言える新作はやはり、きっちりと書きあげたい気持ちも強く、まだいささか時間がかかりそうです。自分でも、特別な作品でありますし、多くの方に読んでいただいているシリーズでありますため、納得のいくかたちで発表したいと思っております。もうしばらくお時間をいただけますよう、お願いいたします。またこのシリーズについては、来年の十五周年に向けての企画等も考えておりますので、お楽しみに。

そして「やすらかな夜のための寓話」「はなやかな哀情」で脇役としてでてきた碧《みどり》と朱斗《あきと》の話を夏ごろ刊行の予定となっております。こちらもどうぞ、よろしくお願いいたします。

誌面もすくなくなって参りました。担当さま、今回も諸々の進行がかぶっているなか、ご相談に乗っていただき、ありがとうございました。新作もシリーズも、今後とも頑張っていきたいと思います。

友人Sさんに Kちゃん冬乃さん、どん詰まりの話を聞いてくれてありがとう。いつものRさんに橘さん、今回はチェック不要でしたが（笑）、次もよろしくね。

そして、ここまで読んでくださった読者の皆様、本当にありがとうございました。

次回作でまたお会いできれば、幸いです。

✦初出　世界のすべてを包む恋…………………ラキアノベルズ「楽園の雫」
（1998年5月）を改題
許してあげる…………………………同人誌作品
夏が溢れる……………………………同人誌作品

崎谷はるひ先生、蓮川愛先生へのお便り、本作品に関するご意見、ご感想などは
〒151-0051 東京都渋谷区千駄ヶ谷4-9-7
幻冬舎コミックス　ルチル文庫「世界のすべてを包む恋」係まで。

幻冬舎ルチル文庫

世界のすべてを包む恋

2012年6月20日　第1刷発行

✦著者　崎谷はるひ　さきや はるひ

✦発行人　伊藤嘉彦

✦発行元　株式会社 幻冬舎コミックス
〒151-0051 東京都渋谷区千駄ヶ谷4-9-7
電話 03(5411)6432[編集]

✦発売元　株式会社 幻冬舎
〒151-0051 東京都渋谷区千駄ヶ谷4-9-7
電話 03(5411)6222[営業]
振替 00120-8-767643

✦印刷・製本所　中央精版印刷株式会社

✦検印廃止

ISBN978-4-344-82544-4　C0193　Printed in Japan